王立群 著

赏词如局

王立群品读经典诗词 Ⅱ

中原出版传媒集团
中原传媒股份公司

大象出版社
·郑州·

图书在版编目(CIP)数据

赏词如月 ：王立群品读经典诗词. Ⅱ / 王立群著.— 郑州 ：大象出版社，2018. 4

ISBN 978-7-5347-9763-7

Ⅰ. ①赏… Ⅱ. ①王… Ⅲ. ①诗歌欣赏—中国 Ⅳ. ①I207. 22

中国版本图书馆 CIP 数据核字(2018)第 083735 号

SHANGCI RUYUE

赏词如月

王立群品读经典诗词Ⅱ

王立群 著

出 版 人 王刘纯
责任编辑 李小希 张前进
责任校对 安德华 毛 路
书籍设计 王莉娟
插图绘画 寇 衡

出版发行 大象出版社(郑州市开元路 16 号 邮政编码 450044)
发行科 0371-63863551 总编室 0371-65597936
网 址 www.daxiang.cn
印 刷 北京汇林印务有限公司
经 销 各地新华书店经销
开 本 710mm×1000mm 1/16
印 张 13.75
字 数 148 千字
版 次 2018 年 6 月第 1 版 2018 年 6 月第 1 次印刷
定 价 35.00 元

印厂地址 北京市大兴区黄村镇南六环磁各庄立交桥南 200 米(中轴路东侧)
邮政编码 102600 电话 010-61264834

宋词，你坐在这里，
她就是整个世界（代序）

当时光倒退一千年的时候，无论从世界的哪一个角落看东方，无一例外，最后的目光都会投向开封，都会聚焦在这座当时世界上最繁华的城市——大宋王朝的都城。那时的开封城，车水马龙，汴水滔滔，行人如织，四野如市。这段盛世繁华，被一个叫张择端的画家，淋漓尽致地画在了一幅五米多长的《清明上河图》中。直到今天，我们面对这幅真实的风俗画卷时，仍然会目瞪口呆，叹为观止。它让我们目睹了那个时代开封的繁华、中国的发达与世界的文明。可惜的是，今天的我们不能亲耳听闻那个时代的声音了。实际上，那时的开封城中，青楼画阁、茶坊酒肆、勾栏瓦子，比比皆是。彻夜不眠，灯火通明，绣户珠帘中飘荡着管弦丝竹之乐，亭台楼阁间交响着太平盛世之音。一曲曲，柔婉缠绵，肝肠寸断；一首首，字字清脆，声声婉转。虽然那些旋律我们听不到了，可那些歌词，却被文字记录下来，一直传承至今。

这些当时演唱的歌词，在今天有一个专有名称——宋词。被近代著名学者王国维称为宋代文学代表的正是宋词，与唐诗、元曲三足鼎立的也正是宋词。

说到宋词，我们立刻就会想到晏殊，想起他的“无可奈何花落去，似曾相识燕归来”的淡淡哀伤；想到欧阳修，想起他的“人生自是有情痴，此恨不关风与月”的爱情自白；想到柳永，想起他的“衣带渐宽终不悔，为伊消得人憔悴”的无悔相思；想到苏轼，想起他的“但愿人长久，千里共婵娟”的诚挚祝福；想到秦观，想起他的“两情若是久长时，又岂在朝朝暮暮”的美好愿望；想到贺铸，想起他的“一川烟草，满城风絮，梅子黄时雨”的无边愁绪；想到李清照，想起她的“莫道不消魂，帘卷西风，人比黄花瘦”的满腹愁思；想到陆游，想起他的“山盟虽在，锦书难托”的难言之隐；想到辛弃疾，想起他的“众里寻他千百度，蓦然回首，那人却在灯火阑珊处”的突发狂喜……宰相也罢，白衣也罢，人人都在宋词的音乐与文字中狂欢不已。这里有眼泪，有悲伤，有纯粹的欢喜，有凄凄的别离，亦有寥寥文字背后的无数故事。这些脍炙人口的词句，穿越千年时光隧道，萦绕在当代人的耳边，为我们的生活平添一份诗情画意。

诗情画意源自宋词之美。含蓄的美，热烈的美，纤柔的美，豪放的美，哀婉的美，悲壮的美。宋词之美是永恒的，就像那一轮明月，亘古不变。

从前的宋词是用来唱的。青楼歌女、文人雅士，把那满腹的心事、幽怨的情思、不平的牢骚，一丝丝地抽发出来，毫不避讳地尽情宣泄。现在的宋词是用来品的，一个人，一杯茶，抖落一身红尘，远离外边的世界，沉下心听一听宋词的浅吟低唱，读一读千年前文人墨客欲说还休的心事，焦虑的心情便安静下来，疲惫的身体也不再劳累，世间的悲欢离合仿佛化作了一抹历史的青烟，平和而翩然远去。

宋词,的确能让你认识更多的字句,说话更漂亮;知道更多的故事,知识更丰富;获得更多的人生智慧,生活更容易。不过,这些都不是最重要的。宋词所记录的就是宋人的种种生活琐事、绵绵离情别绪、殷殷爱国热血、脉脉儿女情长。这就是他们真实的内心、真实的情感、真实的爱恨情仇。宋词宛如一条河,裹挟着宋人的慷慨激昂、悲欢离合流到我们面前。我们用真心、真情走近他们,理解他们。我们喟叹着相似的境遇,抒发着相似的情感。他们经历过的,我们正在经历着;他们感怀过的,我们正在感怀着;他们遭遇过的,我们正在遭遇着。他们的人生,便是我们的人生。所以,品读宋词,就是品读我们自己的人生。在那些哀伤的体验中,我们的眼睛湿润了,悲天悯人的情怀从心底被唤醒;在那些欢愉的体验中,我们的笑靥展开了,枯燥的日子有了趣味,苍白的人生有了亮色;在那些豁达的体验中,我们的心灵舒展了,纠结的不再纠结,放不下的也看淡了,生活多了几分优雅,添了几分从容。我想,这才是最重要的。

繁花似锦的大宋王朝已经消逝在历史的长河中了,但被称为“一代之文学”的宋词却在大浪淘沙的岁月中毫不褪色,情韵依旧。那些词人的所思、所想、所感、所叹,已从瞬间成为永恒,历久弥新。

一千年前的人看世界,目光会定格在开封;一千年后的我们,从宋词的字里行间,又看到了当时的世界。诗词,就是你坐在这里,她就是远方。宋词,就是你坐在这里,她就是整个世界。

王立群

2017 年 10 月

目 录

菩萨蛮

〔唐〕李白

平林漠漠烟如织，寒山一带伤心碧。暝色入高楼，有人楼上愁。

玉阶空伫立，宿鸟归飞急。何处是归程？长亭更短亭。

这首小令分为上、下两片。

上片首二句“平林漠漠烟如织，寒山一带伤心碧”，写主人公所见的远景。

但是，这首词的主人公是谁？作品写得非常隐晦，开篇两句没有公开亮明主人公的身份。我们只有通读全词，才能发现这首词中主人公的身份。

主人公看到了什么呢？

首句写主人公所见的树林。“平林”是平原上的树林，“漠漠”是迷蒙的样子。宋人郑侠《烟雨楼》诗说：“群岫西来烟漠漠，大江南去雨蒙蒙。”意思是说，群山自西而来，如烟迷茫；大江南去，如雨迷蒙。郑侠所用的“漠漠”和李白这首词中的“漠漠”意思一致，是说远方平原上的树木笼罩着像用织机织出来的烟雾，已经看不清树了。

次句“寒山一带伤心碧”，写深秋的远山浸透着伤心的青色。“寒山”是深秋的山，“碧”本为青绿色，到了深秋，绿色淡了，青色重了，在主人公眼里，这远景成了令人伤心的“碧”色。其实，色彩本身并无伤心或高兴的区别，只是由于主人公的心境不同，看到色彩时让色彩染上了自己的感情。

第三句“暝色入高楼”，写暮色一点点侵入了主人公所在的高楼，直至整个楼全被暮色笼罩。“入”字点出了暮色的不解人意。此时，主人公的身份已经呼之欲出了。

第四句“有人楼上愁”，点出了主人公。这可真是“千呼万唤始出来，犹抱琵琶半遮面”。虽然我们可以猜到楼上的这位忧愁之人极有可能是一位独守空闺的女子，但是，词中还是没有明写。

至此，我们可以为上片做个小结了。一个独守空闺的女子，远眺平林，平林一片迷蒙；远眺寒山，满眼是浸透着伤感的青色。天色近晚，暮色渐渐笼罩高楼，女子的心中充满了愁绪。

秋景无喜乐，全凭看景的人的自我感受。杜牧《山行》看到的秋景是“停车坐爱枫林晚，霜叶红于二月花”；刘禹锡《秋词二首》看到的秋景是“自古逢秋悲寂寥，我言秋日胜春朝”。二者看到的秋景美不胜收，甚至胜过春景。

本词的主人公触秋景而生悲情，原因是她思念的心上人长期未归，眼看深秋已至，一年将尽，她的心情更加不安。为何主人公对深秋这么敏感？原因只有一个：今秋看又过，何日是归年？

暮色和秋色一样，也无喜乐，为什么暮色让主人公感到凄凉？因为它是一日将尽之时。今天已快过完了，哪一天是归日呢？

这是上片。

下片继续写这位独守空闺的主人公的愁绪。

开头的“玉阶空伫立”，写主人公孤零零地站在高楼的台阶上。虽然全词一直未写明主人公的性别、身份，但我们却能够越来越清晰地看到这位神秘的主人公，孤独寂寞、满腹愁绪、软弱无助，无法走出困境，因此，词中用一“空”字，写她的眺望、伤怀、盼归都是徒劳的。

下片第二句“宿鸟归飞急”，明写暮色中急急归巢的飞鸟，暗中却含蓄地抱怨心上人，竟不如归巢之鸟。对游子的盼归心情不言自明，暴露了主人公的思妇身份。

词人把自己的感情寄托在飞鸟之上的写法，明显是把唐诗的写法引入新兴的词体。

最后两句，我们看李白如何收结全词：

何处是归程？长亭更短亭。

南朝著名作家庾信曾在《哀江南赋》中写有“十里五里，长亭短亭”两句。亭，源于秦代，路上十里设长亭，五里设短亭，作为长途行者的休息之处，汉代继承了这一做法。文人将“十里长亭，五里短亭”连在一起，表达的意思是路途遥远。词人写“何处是归程？长亭更短亭”，意思是说，十里一长亭，五里一短亭，一个接一个，一个连一个，漫漫长路，哪里是归程呢？不但归程遥远，而且归期无望。遥遥无期，怎不令人满怀愁绪呢？

李白作为唐诗大家，早已为人所认知、所接受，但要说李白写过词，可能有人会觉得疑惑。

李白的确写过词，而且还备受赞扬，广为传唱。

宋人郑樵《通志》、明人周复俊《全蜀艺文志》称李白这首词为“百代词曲之祖”。意思是说，李白这首词是经典，是词体的开山之作。

为什么后人如此看重李白的这首词呢？

因为李白这首词为词这种新兴文体，特别是为婉约词派创造了一整套语汇，按照这种语汇写的词符合词的风范。如果我们将李白这首词和大家熟知的李白的诗句，如“黄河之水天上来，奔流到海不复回”“天生我材必有用，千金散尽还复来”等比较一下，就会明白，诗与词二者的语汇差别有多大。李白这首词的贡献，就在于从唐诗中萃取了适合婉约词的语汇，为后世词的正式形成与发展奠定了基础。

宋人韩元吉《念奴娇》词下片有“樽前谁唱新词，平林真有恨、寒烟如织”三句，化用了李白《菩萨蛮》（平林漠漠烟如织）中的句子，可见这首词到了宋代仍然被人传唱、追捧。

美辞玉屑

烟雨楼（其二）

〔宋〕郑侠

仙人居处即鳌宫，更作层楼峭倚空。
群岫西来烟漠漠，大江南去雨蒙蒙。
花镳柳策熙怡里，耘笠渔蓑笑语中。
别有夜楹千里月，凭栏清兴与谁同。

念奴娇

〔宋〕韩元吉

春来离思，正楼台灯火、香凝金戟。杨子江头嘶骑拥，杨柳花飞留客。枚乘声名，谪仙风韵，更赋长相忆。酒阑相顾，起看月堕寒壁。

樽前谁唱新词，平林真有恨、寒烟如织。燕雁横空梅蕊乱，醉里隔江闻笛。白发逢春，湖山好在，一笑千金直。待君归诏，买船重话畴昔。

菩萨蛮

〔唐〕温庭筠

小山重叠金明灭，鬓云欲度香腮雪。

懒起画蛾眉，弄妆梳洗迟。

照花前后镜，花面交相映。新帖绣罗襦，

双双金鹧鸪。

温庭筠的这首词，在《花间集》中列为全书第一首，这个位置，凸显了此词在《花间集》中的地位。

《花间集》是五代后蜀词人赵崇祚所编，收录温庭筠等十八人的词作，计五百首。词作内容多偏重闺情，且词风接近，因此此派词人被称为“花间派”。

这首词最能显现《花间集》的主体风格，也最能代表温庭筠词的主导风格。

我们先看看上片的前两句：

小山重叠金明灭，鬓云欲度香腮雪。

“小山”的解释是有争议的。有人认为“小山”指眉，明人杨慎《丹铅续录·十眉妆》里就有“小山眉”。王观《卜算子·送鲍浩然之浙东》（水是眼波横）一词中有“水是眼波横，山是眉峰聚”，即以山喻眉。但是，这种解释有一个最大的障碍是“重叠”无解，眉怎么能“重叠”呢？如果将“重叠”解为“双眉紧蹙”，又将破坏全词的统一。

这话怎么讲呢？

因为这首词全篇的写法是先扬后抑。先通过梳妆，写女主人公的美丽与生活的豪奢，最后通过“双鹧鸪”反衬女主人公的孤独、寂寞。如果一开篇女主人公就双眉紧蹙，最后的反衬就没有必要了。要知道，这首温词代表作之所以非常著名，重要原因之一就是全词写得非常含蓄却又感情深重。看这首词的开头，你不知道词人的真正用意是什么。如果上来就写“双眉紧蹙”，那还谈什么含蓄呢?

另一种解释，将“小山”解释为卧室屏风上画的重重叠叠的小山，或解释为床上画的重重叠叠的“小山”。因为古代床的两边或背后的护栏上往往绘有图画，“小山”是画在护栏上的画。

如果这样解释，“金明灭”如何讲呢?

“金明灭”应当是朝阳透过晨风中摇曳的窗帘，照射在床上的画屏上，床上护栏上镶嵌的金色或明或暗，影影绰绰。

因此，“小山重叠金明灭”一句，实际上写的是女主人公卧室的豪华。既然写到了女主人公的卧室，下面自然会写到女主人公。

第二句“鬓云欲度香腮雪”，就由写女主人公的卧室转入对女主人公的描写。

“鬓”，鬓角的乌发。“云”，形容年轻女子的乌发像天上云彩一样飘逸秀美。“度”，延展，下垂。“香”，谓女子面颊香气氤氲。“腮”，面颊。“雪”，白皙。“香腮雪”，合起来写女主人公白皙细嫩的面颊透出一股股香气。“度”字用得非常巧妙，它是这一句中唯一一个动词，写女主人公飘逸的秀发垂下来，似乎要遮住面颊了，但是，在“度”字之前，词人又加了一“欲”字，是将垂未垂的样子。秀发的飘逸之美通过“欲度”二字写得令人回味。美人睡了一夜，妆乱了，发散了，“何处不可怜”?

“懒起画蛾眉，弄妆梳洗迟”二句，真正转入对女主人公梳妆的描写。

“蛾眉”，形容女子的眉毛细长弯曲，像蚕蛾的触角。画眉是化妆中非常重要的一环，但是慵懒的女主人公却无心画眉，然而不画肯定是不行的，还得画，只是“懒起”画眉罢了。“懒起”是心绪不佳，懒得起床，懒得打扮。这和温庭筠《望江南》（梳洗罢）中“梳洗罢，独倚望江楼”的女主人公完全不同，《望江南》（梳洗罢）中的女主人公是早早起来，迅速画眉打扮，并立即登楼。为什么这般着急呢？因为女主人公已经得到心上人近日将归的信息，或是知道每年的这个时候他都会回来，因此，她才“梳洗罢”即登楼眺望，即使“过尽千帆皆不是”，仍旧不改痴心。

此篇的女主人公是因为无心而“懒起”，不但“画蛾眉”无精打采，而且整个“梳洗”过程都很懒散。“迟”字，写出了她“梳洗”的缓慢、无神。最值得玩味的一个字是“弄”，“弄”这个字的本意是“玩”，把化妆写成“弄妆”，绝对不是词人无意之举，而是有意为之。一个“弄”字，把女主人公百无聊赖的心理揭示得清清楚楚。一件很郑重的事，变成了“弄”，一点认真劲儿都没有了。

整个上片写的都是梳妆。

下片呢？

下片的前两句仍然写梳妆，这是承接上片而来，但是梳妆已经进入尾声了。梳完妆了，还要做什么？要插簪花。簪花是一种装饰，用绢等材料做成。

照花前后镜，花面交相映。

插完簪花，梳妆结束，最后一项自然是检查，也是自我欣赏。看看簪花插得怎么样，看看妆化得怎么样。此时，女主人公面前是梳妆台上的镜子，后面是手拿的镜子，这叫“照花前后镜”。后面插的簪花通过后镜，反射到前镜上，看到的是美丽的簪花和如花的面容，交相辉映，花如面，面如花，花之美，人之美，相得益彰，这叫“花面交相映”。

写至这里，似乎让人感到女主人公开篇的慵懒有些莫名其妙，这么美好的年华，如此美丽的花容，如此豪奢的生活，何来慵懒呢？

下片结尾的“新帖绣罗襦，双双金鹧鸪”两句，极其含蓄地道出了个中缘由。

“罗襦”，丝绸短袄。“鹧鸪”，指鹧鸪图。古人先将鹧鸪图绣好，再贴到衣服上。“双双”二字，大有玄机。因为女主人公梳洗完毕后，突然看到了自己衣服上的金鹧鸪成双成对，一种孤独之感油然而生。

温庭筠直到这首词的结尾，才用这种方式含蓄地点出了女主人公慵懒的真正原因——孤独、寂寞。自己的心上人不在身边，尽管物质条件非常优越，但是感情上的孤寂，不是物质生活可以满足、可以代替的。上片起床时“懒起画蛾眉”的“懒”，“弄妆梳洗迟”的“迟”，“弄妆”的“弄”，原因都在这里。

温词组织、结构的严密、工整，从这里完全显现出来。

这首词的主导风格是香艳。这是温词的主导风格，也是“花间派”的主导风格。

有人评温庭筠，开口就说温庭筠貌丑，人称“温钟馗”。可是别忘了，钟馗貌虽丑，却能捉鬼；温庭筠虽然不是玉树临风，但文思敏捷，凡八叉手而成篇，世称“温八叉”，难道这个称号不是更应该被介绍吗？毕竟我们是在谈作品、谈创作，不是选美。何况，温庭筠八叉手而成八韵还是在科考的考场上，更为不易。

中国历史上貌丑而有才华的作家大有其人：“建安七子”之一的王粲、西晋时的左思、中唐时期的李贺、晚唐时期的罗隐、北宋的贺铸……温庭筠并不孤独，也值得大书一笔。

美辞玉屑

飞卿词，全祖《离骚》，所以独绝千古；《菩萨蛮》《更漏子》诸阕，已臻绝诣，后来无能为继。

所谓沉郁者，意在笔先，神余言外。写怨夫思妇之怀，寓孽子孤臣之感。凡交情之冷淡，身世之飘零，皆可于一草一木发之。而发之又必若隐若见，欲露不露，反复缠绵，终不许一语道破。匪独体格之高，亦见性情之厚。飞卿词，如“懒起画蛾眉，弄妆梳洗迟”，无限伤心，溢于言表。又“春梦正关情，镜中蝉鬓轻”，凄凉哀怨，真有欲言难言之苦。又“花落子规啼，绿窗残梦迷”，又“鸾镜与花枝，此情谁得知”，皆含深意。此种词，弟自写性情，不必求胜人，已成绝响。

——〔清〕陈廷焯《白雨斋词话》卷一

更漏子

〔唐〕温庭筠

玉炉香，红蜡泪，偏照画堂秋思。

眉翠薄，鬓云残，夜长衾枕寒。

梧桐树，三更雨，不道离情正苦。

一叶叶，一声声，空阶滴到明。

《更漏子》，词牌名，双调，四十六字。上片两仄韵、两平韵，下片三仄韵、两平韵。

温庭筠的《菩萨蛮》（小山重叠金明灭）是写女主人公的怀人之情的，这首《更漏子》（玉炉香）虽然也是写怀人，但是在写法、用词、意象选择、风格上和代表温词主导风格的《菩萨蛮》（小山重叠金明灭）有很大不同。

我们先看看上片的前三句：

玉炉香，红蜡泪，偏照画堂秋思。

“玉炉”，就是香炉，但是加了一个“玉”字，这个香炉就不一般了，一是色泽纯净，二是价值不菲。“玉炉”一词，同时也点明了女主人公的家庭是一个富贵人家。“香”，指香料。香料在“玉炉”中燃烧。这一句特别像李清照《醉花阴》中的“瑞脑销金兽”。不过，李清照那首词毕竟写于宋代，词已经发展得非常成熟了。因此李清照用“瑞脑”代替了“香”，显示了“香”的名贵。温庭筠处在词的草创期，写得比较平实，只用了一个“香”字，当然这也和温词选用的词牌有关。“玉炉香”三字，写女主人公房中的香炉，香烟袅袅，升腾而起。

和“瑞脑销金兽”一样，“玉炉香”三个字，不仅是写居室中香烟袅袅，更重要的是写人，写这座豪宅的女主人。写她的什么呢？

写她的百无聊赖、无所事事。她唯一能做的事，就是目视香炉，打发时光。因此，“玉炉香”三个字，已经将女主人公的惆怅心绪非常含蓄地点出来了。有人说，“玉炉香”是写景，恐不确切。

中国古代晚上照明用具有烛和灯两种。在矿物烛发明之前，古人用的是植物烛，即熔化乌桕树籽外层的油蜡，在中间放一个缠有灯草的艾蒿秆，浇到合适的粗细，做成蜡烛，因颜色洁白，称为素烛。如果为了喜庆，在熔化的蜡油中加上红颜料，就成了红烛。

“红蜡泪”三个字比“玉炉香”直白得多。这句用了一个关键字——泪。“红蜡”即是红烛。白天，陪伴女主人公一天的是“玉炉香”；晚上，陪伴女主人公的是“红烛”。只是，在愁肠百结的女主人公眼里，“红蜡”流淌下来的不是蜡油，而是“泪”水。一个“泪”字，写尽了女主人公内心的愁苦。五代前蜀词人魏承班《诉衷情》中“银汉云晴玉漏长，蛩声悄画堂。筠簟冷，碧窗凉，红蜡泪飘香”，也是以“红蜡泪”写蜡油。

第三句紧接第二句来写。“偏照画堂秋思”，“画堂”，雕梁画栋之堂，再次点出女主人的豪宅。“秋思”，本指秋天的怀人之情。在温庭筠这首名作中，“秋思”指代秋天怀人的思妇，即豪宅的女主人。值得玩味的是“偏照”两个字。本来，夜色降临，红烛高照，只是为了照明，无所谓专门照谁。但是，在满怀愁情的女主人公看来，“红蜡”是专门照自己的，是专门提醒自己，当年和心上人共度良宵的幸福；是专门嘲笑今天的自己，一人独处的悲凉凄苦。

上片的后三句承前三句而来：

眉翠薄，鬓云残，夜长衾枕寒。

女子晨妆，极重眉妆。“翠”，指螺黛，它是一种青黑色的矿物质。古代女子常用螺黛作染料描眉，所以称眉妆为翠黛。“眉翠薄”，指画的眉妆已经变淡了。早上化的妆，到夜间时，自然已经淡了。尤其还翻来覆去，辗转难眠。“鬓云残”与“眉翠薄”同义，指年轻女子乌黑发亮的鬓发，如同一朵美丽的云一样，但是晨妆中专门打理好的头发，到夜半时，也因为翻来覆去而散乱。

“衾”，被子。“枕”，枕头。“寒”，寒凉。被子、枕头都已经透出阵阵寒意。因此，“眉翠薄，鬓云残，夜长衾枕寒”三句，写出了女主人公妆容的残败。由于内心凄凉，感到长夜漫漫，被子、枕头都是寒意阵阵，这是从心寒写到衾枕之寒。

下片换头“梧桐树，三更雨，不道离情正苦”三句，正面写女主人公白天对着“玉炉香”发呆、深夜望着“红蜡泪”难眠的原因，是“离情正苦”，是别离之苦折磨着她。

温词的高妙不是说出此苦，而是写出此苦之前，做了大量的铺垫。

这首词从上片“玉炉香，红蜡泪，偏照画堂秋思。眉翠薄，鬓云残，夜长衾枕寒”一直到下片换头的“梧桐树，三更雨”，都是为写“离情正苦”做的铺垫。

“梧桐”和“雨”是唐诗宋词中最常见的两种意象，而且是表达凄苦之情的最佳意象。白居易《长恨歌》“春风桃李花开日，秋雨梧桐叶落时”，李清照《声声慢》“梧桐更兼细雨，到黄昏、点点滴滴。这次第，怎一个愁字了得”，都同时出现了“梧桐”和“雨”两个意象，就是最好的例证。温庭筠这首词在“雨”前又加了“三更”两字。“三更”，古代指夜晚十一点至凌晨一点，此时也叫“子夜”“半夜”，因此有“三更半夜”之语。“三更雨”说明，这位整整一个白天都寂寞孤独的女主人公，三更半夜仍然未能入睡，只能躺在床上听着外面雨打梧桐的单调声音。所谓“不道离情正苦”，“不道”，即是不懂得。此句说，秋雨不懂得房内女主人公的“离情”万千，愁肠百结，夜半下起了绵绵秋雨，雨打梧桐叶，点点滴滴的声音，让辗转难眠的女主人公更加烦恼，更难入眠。这几句，直接写的是雨声，间接写的是女主人公的心情。

更令人难以忍受的是除了雨打梧桐叶的单调声音，还有打到空空荡荡的台阶上的雨点声。女主人公能够准确地听出雨打梧桐叶和雨打“空阶”两种声音的不同，反映出夜深人静之时，女主人公极为清醒，听觉极其敏感。从“三更”开始，雨滴滴答答，一直“滴到明”，“一叶叶，一声声”，是说院子里梧桐树每一片树叶上的雨点声，空荡荡的台阶上每一滴雨点声，声声入耳，清清楚楚，拨动着女主人公的心弦。宋人聂胜琼《鹧鸪天·别情》有“枕前泪共阶前雨，隔个窗儿滴到明”两句，应当由温庭筠这首词化出，只是其效果不及温词。

温庭筠这首词，和《菩萨蛮》（小山重叠金明灭）的错金镂彩的香软词风大不一样。这首词的上片色彩浓艳，极有温词之味；下片完全抛开了绮丽浓郁的描绘与华艳繁复的辞藻，清淡简洁。全词形成了上片浓，下片淡，浓淡结合的风格，在温词中独树一帜，受到历代评论家的高评。

鹧鸪天·寄李之问

〔宋〕聂胜琼

玉惨花愁出凤城。莲花楼下柳青青。尊前一唱《阳关》后，别个人人第五程。

寻好梦，梦难成。况谁知我此时情。枕前泪共阶前雨，隔个窗儿滴到明。

谒金门

〔五代南唐〕冯延巳

风乍起，吹皱一池春水。闲引鸳
鸯香径里，手挼（ruó）红杏蕊。
斗鸭阑干独倚，碧玉搔头斜坠。
终日望君君不至，举头闻鹊喜。

宋人马令的《南唐书》，记载过一个有关冯延巳的小故事：冯延巳是南唐中主李璟手下的宰相。一次，李璟对冯延巳开玩笑说："吹皱一池春水，干卿何事？"冯延巳很机敏，马上回答：我写的不如陛下写的"小楼吹彻玉笙寒"。李璟听了，很高兴。

"小楼吹彻玉笙寒"，出自李璟的《摊破浣溪沙》（菡萏香消翠叶残）："细雨梦回鸡塞远，小楼吹彻玉笙寒。"

南唐中主李璟创作的词中，"小楼吹彻玉笙寒"一句非常有名，冯延巳的词中"风乍起，吹皱一池春水"也非常有名。

这则故事，不仅记录在宋人马令的《南唐书》中，宋人阮阅《诗话总龟后集》，宋人胡仔的《苕溪渔隐丛话后集》等文献都有记载，可知此事流传甚广。

这个故事在后世持续发酵，好事者将其改成两联：

风乍起，吹皱一池春水，干卿何事。

雨初霁，开遍满园桃李，与我何干。

下联出自宋人赵文鼎的《谒金门》（新雨霁）："新雨霁，开遍满园桃李，波暖池塘风细细。"为配合上联，"新雨霁"改为了"雨初霁"，又添了"与我何干"四字，和上联"干卿何事"相对。

这两句被南唐中主李璟惦记上的名句，就出自冯延巳的《谒金门》（风乍起）。

这两句词既然如此有名，它好在哪儿呢?

“风乍起，吹皱一池春水”的意思是：一阵轻柔的春风，突然掠过平静的池塘水面，水面荡漾起细微的波纹。表面看，一个“皱”字，非常形象地描摹出了水面的波纹的形状，展现了一池春水的动态之美，并承上句的“风乍起”而来。但是，这不是这两句词的精妙所在。这两句的精妙，在于冯延巳通过一池平静春水泛起的波纹，写出了女主人公的内心。

这是一首思妇怀人之作，通篇写的是思妇内心的不平静。但是，这种不平静，只在全篇的前两句通过貌似客观的春水之景表达出来，而且是在似乎不经意的画面中呈现出来的。以最平静的水面波纹，表达最不平静的内心波澜，便是“风乍起，吹皱一池春水”最为成功之处。

为什么水面上的波纹会引发思妇内心的躁动呢?因为，平静的春水犹如青春女子的美丽面容，但是，乍起的春风吹皱了一池春水，让顾影自怜的女子想到了自己脸上的皱纹也会在一年一年的春风中，在一年一年的等待中，不经意地呈现出来。皱纹的出现意味着青春的逝去，女主人公的平静之心，被轻轻泛起的涟漪搅动了。

我想，只有思妇原本就有盼归之心、春思之情，吹皱了的一池春水才会诱发她的怨情，才会让那一颗自认为已经平静的心重新陷入躁动。这便是以景写情。

“闲引鸳鸯香径里，手挼红杏蕊”二句，紧承前二句而下，写思妇盼归，百无聊赖，只能在花香飘溢的园中小道上，手揉着杏花蕊，逗着鸳鸯玩。但是，春水的波纹可以引发思妇的怨情，鸳鸯一样能够勾起她的愁绪，因为鸳鸯总是成双成对。

像冯延巳这样的男性词人，经常接触年轻的女性，他对思妇的认知丝毫不比女性的自我认知差。至于南唐中主李璟，身边更是美女如云，他对她们的了解好像对自己的了解一样。所以，一个可以写出来这样寓情于景的诗句，一个能够深刻懂得这两句的真实含义，这才有了我们开篇时所讲的君王与宰相的一段精彩对话。

上片的前两句寓情于景，后两句则以动作写人，这首词的主旨在上片中已经表达得非常清楚了。

下片换头二句：

斗鸭阑干独倚，碧玉搔头斜坠。

“独”，有些版本作“遍”。就这首词来看，二者差别不大，只是强调的不同。用“独”字，强调孤独，用“遍”字，强调内心的躁动。二者各有所长。

“斗鸭”是一种让鸭相斗的博戏，类似后世的斗鸡。相传“斗鸭”起于汉初。《西京杂记》卷二就记载鲁恭王喜欢斗鸡鸭及斗鸿雁，这应当是汉代贵族的一种娱乐方式。《三国志·吴书·陆逊传》记载，三国时期的东吴大将陆逊对“斗鸭”之风很不满。有一次，陆逊看见建昌侯孙虑在正厅门前修“斗鸭栏”，很不高兴。他义正辞严地说：“君侯宜勤览经典以自新益，用此何为？”君侯应当多读读经典以提升自己，玩这些东西有什么用呢？可见，“斗鸭”完全是一项消遣的娱乐活动。

被春风搅动内心的思妇，无事可干，只好一个人在斗鸭栏里玩斗鸭，头上的碧玉簪歪了，她也没有发现。或者说，她其实发现了却没有心思整理。“女为悦己者容”，“悦己者”不在，整理碧玉簪又有何用？“碧玉搔头”，就是碧玉簪。

无论是手挼杏花蕊，逗着鸳鸯玩，还是斗鸭栏里玩斗鸭，都是一种无聊生活中的寻乐。

终日望君君不至，举头闻鹊喜。

百无聊赖的思妇，天天盼归，日日失望。就在她万般无奈之时，突然，她听到了喜鹊的叫声，内心不禁一阵狂喜，一定有好消息传来了。此时，最好的消息，莫过于自己的心上人平安归来。

中国古代民间把喜鹊作为吉祥的象征。《太平广记》里记载一则故事：唐代贞观末年，一位叫黎景逸的人，家门前树上有个喜鹊窝，他常喂巢里的小喜鹊。后来黎景逸蒙冤入狱。有一天，他喂的那只喜鹊停在狱中窗前叫个不停，他揣测大概有好消息。果然，三天后，他被无罪释放了。这个故事，不止一种文献有记载，说明喜鹊象征吉祥的说法非常流行。在民间，还有画鹊兆喜的风俗，比如，两只喜鹊面对面地叫为“喜相逢”；双鹊中加一枚古钱为“喜在眼前”；喜鹊登上梅枝，那叫“喜上眉梢”。

可是，喜鹊的叫声真的能给这位思妇带来盼归的人吗？只有天知道，我们真诚地希望她这一点可怜的梦想能够实现。

全词写得极为含蓄，唯有下片结尾的“终日望君君不至”略显直白。但是，这种直白并非无理。词中的思妇天天忍受着孤独寂寞的日子，忽然听见喜鹊的叫声，心情自然激动喜悦，一句直白之语一泻而出，成为点睛之笔。

美辞玉屑

元宗乐府辞云“小楼吹彻玉笙寒”，延巳有“风乍起，吹皱一池春水”之句，皆为警册。元宗尝戏延巳曰：“吹皱一池春水，干卿何事？”延巳曰：“未如陛下‘小楼吹彻玉笙寒’。”元宗悦。

——〔宋〕马令《南唐书》卷二十一

唐贞观末，南康黎景逸居于空青山，常有鹊巢其侧。每饭食餧之。后邻近失布者，诬景逸盗之，系南康狱。月余，劾不承，欲讯之。其鹊止于狱楼，向景逸欢喜，以传语之状。其日传有赦，官司诘其来，云“路逢玄衣素衿人所说”。三日而赦果至。景逸还山，乃知玄衣素衿者，鹊之所传。

——〔宋〕李昉等《太平广记》卷四百六十一

望江南

〔五代南唐〕李煜

闲梦远，南国正芳春。船上管弦江面渌，满城飞絮辊轻尘。忙杀看花人。

闲梦远，南国正清秋。千里江山寒色远，芦花深处泊孤舟。笛在月明楼。

李煜后期的词，满目青山皆有泪，百尺柔肠均寸断。失去国家、政权，再美的景色在他眼中都令人感伤。因此，亡国入宋后，李煜很少再有闲情逸致去欣赏江山之美。江山让他高居人上，江山亦让他耻居人下。

《望江南》（闲梦远）并非一首词，而是李煜的两首同题词，且首句亦相同，感情也相似，因此我们将它们放在一起，一并品读。

李煜的这两首词，是李煜人生后期难得的、以比较平静的情绪抒写江南山水的作品。

我们首先品读第一首。

闲梦远，南国正芳春。

这两句非常简单，一帘幽梦中，词人看到了南国的春天。

先说“闲”。李煜主政南唐时，尽管他整天沉迷于有风、有雾、有春光的生活中，但是他活得并不轻松。他接手的是一个进退失据、苟延残喘的国家，他的内心始终不能真正地闲下来。入宋，当了“违命侯”，他，“闲”下来了。

再说“梦”。亡国的李煜不可能重返故国，只有在“梦”中才能回到江南。

最后说“远”。身居大宋都城汴京，遥想南唐故都金陵，一切都那么遥远。这里不仅有空间上的遥远，而且有时间上的遥远。虽然李煜从离开金陵入住汴京到被毒身亡，仅有三年时光；但是，在度日如年的词人心中，汴京城里“违命侯”的每一天，都十分漫长。

“闲梦远”三个字，内容丰富，字字蕴含真情。

“南国正芳春”。“南国”，即江南。李煜生于金陵，亡国于金陵，他太熟悉金陵的江南春光了。“正芳春”，正是大好风光时。这一句中的“芳”字值得品读。今天我们常常称女子的年龄为“芳龄”，带有对女子的赞美与尊重之意。“芳春”这一词却并不常用。其实，“芳春”犹如将年龄说成是“芳龄”一样，旨在赞美春天的美丽与生机勃勃。

这首词的开篇两句，其实就是一句话：江南美。

“江南美”，是一个自唐代以来被众多诗人写烂了的一句话，但是，还有人要写，还有人要看，还有人要读。

五胡十六国之乱、唐代安史之乱，两次中原大乱，使得无数簪缨士族移居江南，江南得到很大的发展，加上江南本身优越的地理条件，“江南美”已在文人心中达成了共识。

然而，“江南美”从南唐后主李煜的笔下流出，“别是一番滋味在心头”。“江南美”是对南唐故国的怀念，“江南美”是对自己昔日生活的留恋。

“船上管弦江面渌，满城飞絮辊轻尘”，具体写出了江南的美。前一句写江上之美，后一句写城内之美。

“管弦”，是管乐和弦乐。“渌”，指水清。“船上管弦江面渌”，写江上管弦齐鸣，画舫如织，江水清澈荡漾，美不胜收。

“满城飞絮”，指金陵城中漫天飞扬的柳絮，纷纷扬扬。“辊”，同“滚”。“轻尘”，指空中尘土飞扬。江南空气湿润，空中飘扬的尘土应该并不大，所以“满城飞絮”是季节所致，“辊轻尘”是车马所成。“辊轻尘”，点出了游人众多，车水马龙，扬起的尘土飘在空中。

江南美，不仅有江上之美、城内之美，还有百花之美。李煜写百花之美，换了一个角度。他不写花，写赏花的人。“忙杀看花人”，江南百花竞放，“看花人”目不暇接。

在对江南美景的赞美声中，李煜对故土的思念和眷恋油然而生。但是，这首词没有李煜后期词作中最常见的深悲巨痛，难得一次的平静时刻，李煜写下了他片刻的安宁，记录了他难得的安闲。

下面我们继续品读李煜《望江南》的第二首：

首句“闲梦远”，全同第一首。

次句“南国正清秋”。我们品读第一首《望江南》时，专门讲过“芳春”，第二首只是将“芳春”换成了“清秋”。春、秋二季是词人最爱写的两个季节。词重于抒情，春、秋给人的冲击力最易引发人们的遐思，因此“清秋”是词中应用极广的意象。辛弃疾《水龙吟 · 登建康赏心亭》这一名作，开篇“楚天千里清秋，水随天去秋无际”二句，便写了南国“清秋”的特点。

一个“清”字，天高了，月朗了。一个“秋”字，风凉了，叶落了。秋，是一个时间的结束，也是另一个时间的开始。春有落花，秋有落叶，都令人心摇神动。

“千里江山寒色远，芦花深处泊孤舟”，具体描写了南国“清秋”的独有景色。“千里江山”是南国，更是南唐后主李煜治下的整个南唐江山。由于“清秋”已至，“寒色”遍及整个江南。“远”，显示了“寒色”的强大力量，多么遥远的“千里江山”，都被“寒色”笼罩了。“寒色”是什么？“寒色”是秋天在大地留下的足迹，“寒色”是秋天留在人们心中的震撼，“寒色”是秋天给“千里江山”涂抹的一道风景，“寒色”也是人们心中最迈不过的一道坎。对李煜来说，“寒色”是现实在他心中最实际的感受。李煜这两首词，是他亡国后最不带悲愁之情的作品，亡国之君的凄苦在词中表现得最淡泊，但是，这绝对不意味着他面对“清秋”的肃杀无动于衷。“寒”字是李煜此时对故国江山的最真实的感受。

“芦花深处泊孤舟”，在“千里江山”的一派萧萧寒色中，幽深的芦苇荡里，停靠着一叶“孤舟”。我们不知道它的主人是谁，我们不知道它为什么会被“泊”在此处。但是，这叶“孤舟”应是这首词中最美的一个意象。它停在那里，无人使用，亦无人打扰，静悄悄地。也许，这正是李煜此时此刻最希望的一种生存状态。

“笛在月明楼”是这首词的结句。一阵悠扬的笛声，从一座明月下的小楼中流出。不知道谁曾住在这里，不知道以后又有谁会走进这座小楼，只是此刻，我们知道，这应是“违命侯”李煜的栖身之地。

如果将两首《望江南》（闲梦远）对照来读，前一首阳光明媚，如梦如幻，后一首清冷孤寂，真实如铁。

吹笛

〔唐〕杜甫

吹笛秋山风月清，谁家巧作断肠声？
风飘律吕相和切，月傍关山几处明。
胡骑中宵堪北走，武陵一曲想南征。
故园杨柳今摇落，何得愁中却尽生。

相见欢

〔五代南唐〕李煜

林花谢了春红，太匆匆，无奈朝来寒雨晚来风。

胭脂泪，相留醉，几时重？自是人生长恨水长东。

李煜最擅长写的是和这首词一样的即景抒情的小令。

《破阵子》(四十年来家国)一类的词，在李煜的词中非常少见，一是因为这类非常现实的题材太敏感，稍有不慎会给自己带来麻烦，甚至带来灭顶之灾。二是因为李煜是一位非常敏感的词人，春花秋月、朝雨晚风，天气的任何变化都会给他脆弱的心灵以巨大的冲击。可写的东西太多太多，他无须刻意一写再写让他一生发生重大变故的南唐亡国的惨痛经历。

这首词就是李煜写自己目睹春残花谢的切肤痛感。

林花谢了春红。

“林花”，是林中之花，很美，它是春天的象征。“林花”开了，“春红”绽放，标志着春天的到来，昭示着生命的活力。“春红”的逝去会让人感到春天走了。词人最伤感的是“春红”“谢了”，败了，落了。春光中的“林花”，不会只有红色，但红色最为鲜艳醒目，因此词中以“春红”代指所有“林花”。另外，这首词的“红”“匆”“风”均为“一东”韵，换他字则不合韵律了。

“春红”“谢了”，春天走了，这是词人早就知道的。“春红”会开就会败，但是没想到它的脚步“太匆匆”，走得太急。“春红”开得很慢很迟，它需要一个漫长的时间聚集能量，需要大地回暖，需要风和日丽，需要耐心等待。但是，它的离去却无须向任何人汇报，无须经任何人批准，无须理会他人的在乎或不在乎。

“春红”的匆匆离去，深深地刺激了敏感的词人，让词人感受到了生命的脆弱和短暂，一种强烈的不安全感迎面而来。所以，词人在“匆匆”二字之前加了一个“太”字，表达了对“春红”“匆匆”逝去的无限伤感。

“春红”生命的结束并不仅仅是因为时间到了，节序到了，更可怕的是外部环境的摧残，是“朝来寒雨晚来风”的侵袭。“朝来”“晚来”是互文，并非早晨只下雨，晚上只刮风，而是早早晚晚又刮风又下雨。而且，这“雨”不是一般的雨，而是“寒雨”。风雨交加，已经让“春红”备受打击了，更何况是“寒雨”。词人在“朝来寒雨晚来风”之前特意加了“无奈”二字，表达了自己无限惋惜而又无可奈何的糟糕心绪。

上片在词人目睹“春红”变为落红的痛惜、无奈中收结，伤春之感特别强烈。

下片换头。“胭脂泪，相留醉，几时重？”感慨深重。

我们先看“胭脂泪”。“胭脂”，是女性化妆的红粉，这里指满地的“春红”。“胭脂泪”的“泪”，是指落在“春红”上的“寒雨”，在痛惜“春红”“匆匆”离去的伤春者的眼中，雨水已不是雨水，而是“春红”的泪水。

应当指出的是，“春红”上的雨水，只能是雨水，永远也不可能是泪水，将它说成是“胭脂泪”，将它看成是泪水的，是词人，是词人把自己的悲愁之情投射到“春红”之上了。

李煜之所以目睹“春红”遭受“寒雨”侵袭变为落红，感到那不是雨水，而是点点滴滴的“胭脂泪”，完全是自己的人生遭遇使然。在他的人生中，同样是被朝来的寒雨与晚来的风打得晕头转向，他何尝不是“朝来寒雨晚来风”的受害者？他何尝不是眼含泪水度日如年的阶下囚？他的命运何尝不是未曾掌握在自己手中，而是任由“朝来寒雨晚来风”的外界所掌控？

正是由于李煜有着同样的人生命运，有过类似的人生体验，因此他对遍地的“春红”一洒同情之泪。

“相留醉”，虽然只有短短三个字，但是意义非凡。先看“相留”。“相留”是谁留谁呢？ 仔细揣测，有三种情况：一是花自留，二是花留人，三是人留花。究竟是哪一种情况呢？其实，三种情况都有。当然，在品读这三种情况之前，我先讲讲“相”这个字。“相”的本义是一方对另一方的帮助。中国古代由盲人担任乐师，盲人上朝不方便，需要有人帮他，帮他的人叫“相”。后来，帮助国君的人也叫“相”，如“相国”“宰相”。推而广之，你帮我，我帮你，也叫“相”，就是我们今天用得最多的意义——互相。“相留”的三种情况中，“花留人”与“人留花”都是一方对另一方，用的是“相”的古义。

所谓“花自留”，是指“林花”不愿这么匆匆地结束自己的生命，希望能够长留芳香于人间。

所谓“花留人”，是指“林花”希望观赏者能够欣赏自己用生命积累的能量绽放出的花朵，欣赏花的色彩、芳香。即使在“朝来寒雨晚来风”的严酷现实下成为落红，也不希望人们一下子抛弃它，因为“落红不是无情物，化作春泥更护花”。

所谓“人留花”，是指“林花”在词人的眼中充满生命活力，即使落红无数，词人仍不愿马上离去，而是久久徘徊，留恋不止。

“相留醉”的“醉”是什么意思呢？我想，应当是心醉、陶醉。心“醉”、陶“醉”什么呢？应当是由满地落红引发的对“林花”“春红”的向往、留恋。落花有意，风雨无情，因此才会有下句的“几时重”。

什么叫“几时重”？“几时重”就是何日能够再睹“林花”“春红”的芳容。李煜对“春红”的匆匆逝去充满哀伤，其实也是对自己短暂的南唐国主生活的无限留恋。但他自己知道，“春红”明年还会再来，而自己重回南唐国主的位置则永远不可能了。

至此，逼出全词结尾的一个长句：

自是人生长恨水长东。

人生的长恨，犹如南唐都城金陵边上的长江水，犹如大宋都城汴京北面的黄河水，滔滔东去，奔腾不息。

我们在品读这首词的开头就说：李煜最擅长写这类即景抒情的小令。李煜的这类小令，最大的特点是语浅情深，在浅显的语言背后，是李煜独特的人生经历形成的感悟，这是很多诗人、词人无法与之相比的。“国家不幸诗家幸”，大概就是对李煜最无奈的注脚吧。

美辞玉屑

词至李后主而眼界始大，感慨遂深，遂变伶工之词而为士大夫之词。周介存置诸温韦之下，可谓颠倒黑白矣。“自是人生长恨水长东”“流水落花春去也，天上人间”，金荃浣花，能有此气象耶？

词人者，不失其赤子之心者也。故生于深宫之中，长于妇人之手，是后主为人君所短处，亦即为词人所长处。

——〔清〕王国维《人间词话》

浪淘沙令

〔五代南唐〕李煜

帘外雨潺潺，春意阑珊。罗衾不耐五更寒。梦里不知身是客，一晌贪欢。

独自莫凭栏，无限江山。别时容易见时难。流水落花春去也，天上人间。

李煜是不幸的。作为一代国主，他既无雄心壮志，又无兴国谋略，即便想一味苟安于一隅，享受属于自己的风花雪月，也终究梦断北国，逃不开亡国之君的命运。

李煜又是幸运的。他华美的文字，细腻的笔触，不仅记录了他自己不凡的一生，也成就了他“一代词帝”的历史地位。

从南唐国主到大宋的阶下之囚，现实的、心理的落差非常巨大。现实的落差只能接受，心理的呢？李煜那颗脆弱的心能够承受这种巨变吗？

根据蔡绦的《西清诗话》记载，《浪淘沙令》（帘外雨潺潺）这首词和李煜的《虞美人》（春花秋月何时了）一样，也是李煜的绝笔之作。

上片五句。

“帘外雨潺潺，春意阑珊。”这两句写窗外春雨绵绵，淅淅沥沥，李煜枕雨而眠。“春意阑珊”四个字，说明时光已到了暮春季节，春天已经“留不住”了。

第三句，“罗衾不耐五更寒”，写薄薄的被子耐不住暮春五更的严寒，冻醒了这位正在做着美梦的李后主。

“五更”是什么时间呢？“五更”是凌晨三点至五点。

“更”是中国古代的计时单位。每晚七点开始计更，一更是晚七点至九点，古人称此时为“黄昏”。

二更是晚九点至十一点，古人称此时为“人定”，意思是人们此时停止活动，准备休息了。此时是一天十二个时辰的最后一个时辰。

三更是晚十一点至次日凌晨一点，为子时，故叫“子夜”，又称“半夜”，因此有“三更半夜”的说法。

四更是凌晨一点至三点，此时也叫“狗盗”，是盗贼出没的时间。

五更是凌晨三点至五点，叫“平旦”。

北宋的京城开封，暮春凌晨三点到五点还应是睡眠的大好时光，李煜此时醒了，应当不属于一觉睡到自然醒，而是早醒。

为什么会早醒呢？

罗衾不耐五更寒。

五更的春寒冻醒了李煜。

除了“罗衾不耐五更寒”，有没有其他原因呢？比如失眠。

难讲。

失眠有两种，一是入睡难，二是醒得早。李煜死时才四十二岁，四十二岁的人，如果没有太重的心事，不会醒这么早。如果是七十多岁的古稀之年，八九十岁的耄耋之年，五更醒来，尚可说得过去。四十刚出头的人，如此早醒，似乎不大正常！

梦醒之后干什么呢？他首先意识到：“梦里不知身是客，一晌贪欢。”梦中不知道自己只是一介囚徒，还在“贪欢”。梦醒后才明白，自己的身份是“独在异乡”的“客”。其实，说“客”还是客气了，此时他哪里是大宋的“客”呢？他是大宋的降虏、囚徒！

因此，梦中的“贪欢”，只能是短暂的“一晌”。

梦醒后李煜明白：自己已经没有“贪欢”的资格了，哪怕是“一晌”，也没有了。

人生如果只有在梦中才有那么一点点欢乐是什么滋味啊？

总之，上片写了两个“留不住”。

一是“留不住”的春天。因为春天要走了，虽然春去春还回，但是，“年年岁岁花相似，岁岁年年人不同”，“桃李明年能再发，明年闺中知有谁”？

二是“留不住”的梦中“贪欢”！一醒即无。

下片五句，写梦醒后的感慨。

独自莫凭栏，无限江山。

千万不要一个人凭栏远眺，因为你看到的无限江山，是永远难以再见到的江山，也是永远不属于你的江山。

这种现实的清醒让李煜脆弱的心灵已经承受不起独自凭栏远眺带来的打击了。

所以，这首词的结尾，李煜写出了同样经典的三句，表达了他此时的感受：

别时容易见时难。流水落花春去也，换了人间。

“别易见难”是常见之事，古人写“别易见难”的诗句非常多。

王维有“劝君更尽一杯酒，西出阳关无故人”。

李白有“桃花潭水深千尺，不及汪伦送我情”“故人西辞黄鹤楼，烟花三月下扬州”。

也有写“别难见难”的千古名句：

李商隐有“相见时难别亦难，东风无力百花残”。

柳永有“执手相看泪眼，竟无语凝噎”。

不仅是“别易见难”，而是“别难见难”了！

虽然别离都有伤感，但是，相别不是永别，没有透骨的彻寒。

李煜在这首词中写到的别情，和我们前面所举各例都大不一样。他所说的“别时容易见时难”，是永别，是今世不可能再见的永诀。因此，才有“流水落花春去也，天上人间”的亡国深痛。自己和故国的相别，像流水一去不返，像落花飘落天涯，像“天上”和“人间”，永无相见之日。

下片和上片一样，李煜抓住“留不住”三个字，写出了留不住的江山、留不住的落花、留不住的江水、留不住的春天。总之，在李煜眼中，没有一样美好的东西是留得住的！但是，李煜还有一点没想到：他的生命也“留不住”了！

全词至此戛然而止。

现在我们可以回答之前那个问题了：李煜如何面对从一呼百应的国主到阶下囚的心理落差呢？三个字：不适应！即使在现实生活中被迫面对了，心理上仍然不愿承认，睡梦中的他永远在追寻昔日的繁华似锦，昔日的风花雪月。

美辞玉屑

南唐李后主归朝后，每怀故国，且念嫔妾散落，郁郁不自聊，尝作长短句云："帘外雨潺潺……"含思凄惋，未几下世。

——〔宋〕蔡絛《西清诗话》

南唐主《浪淘沙》曰："梦里不知身是客，一晌贪欢。"至宣和帝燕山亭则曰："无据。和梦也有时不做。"其情更惨矣。呜呼，此犹《麦秀》之后有《黍离》也。

——〔清〕贺裳《皱水轩词筌》

玉楼春

〔五代南唐〕李煜

晚妆初了明肌雪，春殿嫔娥鱼贯列。
凤箫吹断水云间，重按霓裳歌遍彻。
临风谁更飘香屑，醉拍阑干情未切。
归时休放烛花红，待踏马蹄清夜月。

在品读这首词之前，我想先纠正一个说法：词是长短句。古人对词作为一种独立文体了解不深时，将词说成“长短句”，似乎词的特点是形式上句子有长有短。

于是，有人将诗改成长短句，并说这就是词。这是一种不准确的说法。词在形式上大多为长短句，但是，不是所有的词都是长短句，长短句也绝不都是词。

晚唐杜牧有一首非常有名的《清明》诗：

清明时节雨纷纷，路上行人欲断魂。

借问酒家何处有，牧童遥指杏花村。

把诗看成长短句的人，将它改写成下面长短相间的形式：

清明时节雨，纷纷路上行人，欲断魂。

借问酒家何处，有牧童，遥指杏花村。

这一改，一首七绝成了一首长短句，但是，这是词吗？

不是！长短句只是大多数词的一种外在形式。

《玉楼春》（晚妆初了明肌雪）这首词，恰恰就是一首七言八句的词，貌似七律，实际是词。

上片的前两句：“晚妆初了明肌雪，春殿嫔娥鱼贯列。”写晚上歌舞开场前的盛况。

“晚妆初了明肌雪”，写化完晚妆，参加晚上演出的宫女们，个个白皙如雪，光彩照人。“晚妆”，相对于晨妆而言，晚上光线不如白昼，即使是宫中，也只能点亮烛光，因此，晚妆化得比晨妆要浓要艳。“初了”，刚刚化完妆。“明肌雪”，皮肤明亮，白皙如雪。

“春殿嫔娥鱼贯列”，写宫殿里等候上场的众多美女，列队整齐，鱼贯而入。

“春殿”，即宫殿。为什么不称宫殿却称“春殿”？因为这句中的“春”有春意盎然之意。为什么宫殿里春意盎然？因为美女如云，百芳吐艳，如同春天里竞放的百花，使宫殿变得春意盎然了。“嫔娥”，这里指即将上场表演的宫女。“鱼贯列”，“鱼贯”，鱼贯而入，“列”，列队整齐。宫女们化完晚妆，个个光艳照人，列队整齐，鱼贯而入，等候上场。

这是一幅非常壮观的美人图。那么多年轻貌美的女子，打扮得漂漂亮亮。今晚，宫中有一场盛大的歌舞晚会。这个场面如此盛大，演出的人、观赏的人，个个都十分兴奋。

接下来写演出，演出的盛况怎么样呢？

凤箫吹断水云间，重按霓裳歌遍彻。

“凤箫吹断水云间”，写天上人间到处洋溢着曼妙的音乐和欢乐的气氛。

“凤箫”，相传秦穆公之女弄玉，吹箫引凤，后随凤凰而去，遂以凤箫泛指箫或排箫，词中以“凤箫”代表乐队。“吹断”，吹尽，乐师们倾尽全力吹奏。“水云”，“水”指人间，“云”指天上，天上人间，到处都是曼妙的歌声。

“重按霓裳歌遍彻”，“重按”，是一而再、再而三地演奏，“霓裳”，指《霓裳羽衣曲》，“歌遍彻”，演奏完这支大曲中的最后一段。大曲是整套的歌舞曲。

这支《霓裳羽衣曲》不是一般的舞曲，它是中国音乐史上大名鼎鼎的乐曲，李煜要求一遍一遍地演奏这支曲子，是因为一种特殊情结。

《霓裳羽衣曲》是唐朝大曲中的精品，是唐代歌舞的集大成之作。它是由两位皇帝唐高宗、唐玄宗亲自撰写青词，供道士祭献祈祷时用的曲子，“安史之乱”后失传。后来南唐李煜得到了残篇，并和大周后及乐师们将其补齐。补后的曲子虽非原曲，但也恢复大半，遂将其排练演出。李煜对这支自己和大周后亲自恢复的名曲情有独钟，南唐都城金陵被宋军攻陷时，他亲自下令将其焚毁。直至南宋时，著名词人姜夔发现了《霓裳羽衣曲》的乐谱残篇，在此之前失传已久。

上片写了李煜在南唐国主的位置上度过的一个听歌观舞的美好夜晚。这一晚的生命体验，对于可以夜夜笙歌的李煜也不平常。在今人看来，李煜是一国之君，他想看看歌舞表演，岂不是一件极为简单的事？从这首词描写的李煜看完这场歌舞表演后的反应来看，他似乎不可能夜夜观赏《霓裳羽衣曲》。

从哪里可以看出李煜听歌观舞后的反应呢？

下片换头的两句，“临风谁更飘香屑，醉拍阑干情未切”。你看，李煜一边听歌观舞，一边饮酒寻欢。既饱眼福，又饱口福，还可以呼吸到空气中飘来的阵阵芳香。“临风谁更飘香屑”，是说谁在风中散发着一阵阵芳香？其实，宫中的“主香宫女”专司其事，李煜当然知道谁在负责熏香，只是明知故问，表达他心中的满足感。听歌、观舞、饮酒、品香，让李煜兴奋得“醉拍阑干”了，这大概是李煜生命体验中最让他惬意的事了，无怪乎他要高呼“情未切”了。

“归时休放烛花红，待踏马蹄清夜月。”一夜笙歌，一夜欢乐，酒足乐够，要回寝殿了。李煜要求沿途不要红烛，而是信马由缰，在皎洁的月光下，乘兴而归，这多快活啊！

我们读惯了“问君能有几多愁，恰似一江春水向东流”这类凄苦悲凉的句子，总以为李煜苦难重重，忧愁满腹，似乎一生都不顺遂，可怜可叹。其实，李煜只做了三年“违命侯”，他的一生，除去继位前的日子，锦衣玉食、夜夜笙歌的时间有十四年。固然真正成为囚徒的三年确实不好过，但时间并不长。只能说，这位词帝太厉害了，或者说亡国的打击对于他来说太沉重，短短三年的阶下囚生活，成就了那么多让人一掬同情之泪的名句名篇。我们今天品读的这首词就是李煜前期的作品，反映的是他人生前期的生活。从中，我们可以明白，这样一位国主怎么可能守得住祖业呢？尽管他的父王——中主李璟对亡国负有不可推卸的重大责任。但是，李煜的这份责任，是他无论如何也推卸不掉的。

美辞玉屑

李后主宫中未尝点烛，每至夜则悬大宝珠，光照一室如日中。尝赋《玉楼春》宫词曰："晚妆初了明肌雪……"王阮亭《南唐宫词》云："花下投签漏滴壶，秦淮宫殿浸虚无。从兹明月无颜色，御阁新悬照夜珠。"极能道其遗事。

——〔清〕徐釚《词苑丛谈》卷六

长相思

〔宋〕林逋

吴山青，越山青。两岸青山相送迎，谁知离别情？

君泪盈，妾泪盈。罗带同心结未成，江头潮已平。

宋代有一位著名的诗人、词人、书法家，一生没有做官，隐居西湖孤山二十多年从不进城。宋真宗听说后，派官员慰问他。他死后，宋仁宗赐号“和靖先生”。他一生未娶妻，却养了许多鹤，尤喜种梅，自称“以梅为妻，以鹤为子”，人们称他是“梅妻鹤子”。

因为喜欢梅，他写了一首非常有名的诗，其中“疏影横斜水清浅，暗香浮动月黄昏”两句广为传诵，成为宋诗中的经典名句。自此之后，“暗香”成为梅花的专称，这在中国文化史上是一大奇迹。

他，就是林逋（bū）。

林逋是一位奇人，长期隐居杭州西湖的孤山，常与僧人来往，写诗填词，随写随丢，不留底稿。所以，今天我们只能看到他留下来的三首词，《长相思》（吴山青）即为这三首词中最为著名的一首。

这首小令分为上、下两片。

上片四句：

吴山青，越山青。两岸青山相送迎，谁知离别情？

“吴山”，指杭州钱塘江北的吴山；“越山”，指杭州钱塘江南岸的越山。钱塘江是古代吴、越两国的分界，所以钱塘江两岸的山分别以吴山、越山命名。

这首词一开篇就说吴山青葱，越山青翠，它们世世代代守望着钱塘江的渡口，迎往送来，看惯了离别之人在渡口的别离。

这种写法实际上把相对而立的两座青山拟人化了，好像它们也有灵性了，但是，它们看了太多，见了太多，已经麻木了，哪里知道离别对热恋之人是多么痛苦呢？

一般讲这首词者都认为，在饱受别离之苦的主人公看来，吴山、越山一点也不理解别离之人的煎熬和痛苦。因此，主人公才抱怨两山：

谁知离别情？

我们承认，江淹《别赋》开篇所说的“黯然销魂者，唯别而已矣”，道出了恋人间的别离之苦是没有经历过这种痛苦的人无法深切感受到的。

这正是所谓青山无知，离人有恨。

但是，我认为，仅仅这样解读似乎还不够。主人公的抱怨还有另一层意思。因为在主人公看来，青葱的吴山、青翠的越山，千秋万代，永远相伴，世代守望，永不分离。你们朝夕相伴，哪里知道我们离别的痛苦呢？

主人公的抱怨实际上有两点：一是吴山、越山对恋人的别离司空见惯，麻木不仁。二是它们自己朝夕相伴，体会不到热恋中人别离的深悲巨痛。

应当说，这两点都对，只讲一点有失片面。

从全词来看，上片四句，重在写景，但是，景中已处处含情。

下片四句“君泪盈，妾泪盈。罗带同心结未成，江头潮已平”直接抒情。

“君泪盈，妾泪盈”两句，点明主人公为女姓，接着写一对恋

吳山青越山青兩岸青山相送迎誰知離別情
君淚盈妾淚盈羅帶同心結未成江頭潮已平
宋林逋長相思戊戌夏寇衡於洛陽御博城

人的别离。每次读到这两句，总会让人忆起柳永《雨霖铃》（寒蝉凄切）中的“执手相看泪眼，竟无语凝噎”——两情依依，泪眼相望，口中哽咽，心情悲切。

为什么这首词写的别离如此痛苦呢？

看完下句的“罗带同心结未成”便一下子让人明白了：这不是一般的别离，而是有情人未成眷属的永诀，是“东风恶，欢情薄”的被迫分手，是永无相见之日的最后一晤。

为什么这样讲呢？

因为“罗带同心结未成”。同心结是宋代婚礼上的重要道具。据北宋孟元老的《东京梦华录》所载，新娘迎娶到男家时，两家各出一根彩缎，绾成同心结，男女各执一头，相牵而行，拜谒祖先，夫妻对拜。因此，“罗带同心结未成”是婚姻未成的婉转说法。

这才有“君泪盈，妾泪盈”之语。

横祸飞来，同心未结，劳燕分飞，永无相聚之日。这对热恋中的恋人是多么严重的打击。

更让人受不了的是别离之时，尚未来得及相互倾诉，江面涨潮了——“江头潮已平”。行舟都是借涨潮之时开船，涨潮意味着别离在即。这一对被外力强拆的情侣，竟然连互诉衷情的机会都没有了。从此以后，天各一方，虽非阴阳相隔，却永无见面之日了。

全词就在一对情侣的无限悲伤中戛然而止了，无尽的相思、无穷的悲伤都留给读者去想象了。这真是“天长地久有时尽，此恨绵绵无绝期”。

这首词有两个特别之处。

一是回环复沓。诗词中的复沓，指句与句之间只更换极少的字，反复吟唱。像这首词的“吴山青，越山青”二句，“君泪盈，妾泪盈”二句，都只更换一个字“吴”与“越”，“君”与“妾”，重复吟唱。这种写法的最大好处是强调。像这首词，上片的复沓强调两座青山相向而立，下片的复沓强调男女双方泪眼盈盈。

二是句句押韵，以声助情。这首词全词基本用“八庚”韵，读起来朗朗上口。声韵之美，增加了这首词的美感。

林逋的盛名，一方面来源于他个人的文学成就。他写出了《山园小梅》这样的名作，留下了“疏影横斜水清浅，暗香浮动月黄昏”这样的千古名句，他的名字和溢香滴露、冰清玉洁的梅花永远连在一起。正如前人所咏：“姓名犹寄梅花上，一度开时一度香。”

另一方面则来源于“梅妻鹤子”的美丽传说。林逋一生不仕不娶，是一位地地道道的隐士，他与梅、鹤相伴，是一位真真正正有风骨的人。

如果联系这首词，我们或许可这样揣想，林逋年轻时可能经历过一场刻骨铭心的爱情，但却无果而终。这是他的宿命，是他在红尘中埋藏最深的宿命。若非如此，他怎能写出这首明话明说、暗话也明说的别离词呢?

美辞玉屑

和靖

〔元〕杨公远

湖上吟翁道味长，孤坟今已草成荒。

姓名犹寄梅花上，一度开时一度香。

山园小梅

〔宋〕林逋

众芳摇落独暄妍，占尽风情向小园。

疏影横斜水清浅，暗香浮动月黄昏。

霜禽欲下先偷眼，粉蝶如知合断魂。

幸有微吟可相狎，不须檀板共金樽。

八声甘州

〔宋〕柳永

对潇潇暮雨洒江天，一番洗清秋。渐霜风凄紧，关河冷落，残照当楼。是处红衰翠减，苒苒物华休。惟有长江水，无语东流。

不忍登高临远，望故乡渺邈，归思难收。叹年来踪迹，何事苦淹留？想佳人妆楼颙（yóng）望，误几会、天际识归舟。争知我，倚阑干处，正恁凝愁。

仕途的失意，人生的选择，迫使柳永长期过着一种漂泊无定的生活。羁旅行役成了柳永生活中逃不开的经历，羁旅行役也成了柳永创作的一个重要内容。唐诗中表现羁旅行役的作品不少，宋词中第一个将羁旅行役写入词中的是柳永。

柳永的这首词，上片写萧瑟秋景，下片抒怀乡之情，界限非常鲜明，层次极为清晰。

上片开篇两句，词人就以宏大的视野描写秋景。“对潇潇暮雨洒江天，一番洗清秋”，“对”，意思是面对，在哪儿面对呢？看完这首词下片的最后“倚阑干处”才会懂得，词人是在楼上凭阑眺望。

“对”作为领字，领起了上片九句。

面对暮色苍茫中的潇潇秋雨，一望无际的天空，滔滔滚滚、奔腾不息的江水，全都笼罩在秋雨中了。这番自上而下的洗涤，一切都清了，一切都净了。

下面紧承三句“渐霜风凄紧，关河冷落，残照当楼”继续写秋景。“渐”，又是一个领字，领起以下三句十二字，“渐”是“渐渐”，中心词是“霜风”“残照”。一场秋雨过后，秋意、秋寒、秋气正渐渐逼了上来。秋风凄厉，一阵紧似一阵，关隘、大河全都变得冷冷清清。西下的夕阳，将最后的一抹光投射到词人站的楼上。

如果这首词写的是实景，那么，前文写秋雨漫漫，整个天地都笼罩在秋雨之中，后文为什么还会出现夕阳残照呢？其实，我们将“残照”作雨后残阳解读，前后便并不矛盾了。

“渐霜风凄紧，关河冷落，残照当楼”三句，前人评其具备唐人风骨。这三句确实写得好。好在哪儿呢？一派画面宏大的寒秋景象，遣词高古，提炼精纯，这和柳永词常常以口语入词的作派大相径庭。有了这三句，一首词就有了高古之风。

上片的最后四句，“是处红衰翠减，苒苒物华休。惟有长江水，无语东流”。到处是红花凋零，绿叶衰败，天地万物，个个残破，只有长江流水，滔滔汩汩，默默无言，滚滚东流。词人眼中，默默无言的江水充满了悲愁，这种悲愁，是词人心中的悲愁投射到江面上形成的。

“红衰翠减”四字，出自李商隐的《赠荷花》诗，李商隐的原句是七言的“翠减红衰愁杀人”，为了符合此句六言的格律——仄仄平平仄仄，只能将“翠减”两个仄声字和“红衰”这两个平声字前后对调，形成了“是处红衰翠减”一句。

上片虽然都是写景，但是也各有侧重。“对潇潇暮雨洒江天”二句，写秋雨；“渐霜风凄紧”三句，写秋风、夕阳；“是处红衰翠减”二句，写秋花；“惟有长江水”二句，写江水。

词人面对秋风秋雨中的暮秋残破景象，思乡之情倍增，心中痛苦难平。因此，下片换头三句自然而然地写出了“不忍登高临远，望故乡渺邈，归思难收”。登高眺望故乡，是古人诗词中写乡情的最常见的表达方式。最早用登楼写乡情的是东汉末年的王粲《登楼赋》：“登兹楼以四望兮，聊暇日以销忧。”“虽信美而非吾土兮，曾何足以少留？”他乡再好，不如故乡之美。柳永不敢登高，因为故乡在远方，登高，只能让思乡之情更难以克制。唐人宋之问是“近乡情更切”，宋人柳永是“不忍登高临远”，都是思念故乡的最独特、最真实的表达。

柳永这些年，东奔西走，处处以词干谒地方官员，如我们熟悉的《望海潮》（东南形胜）便是一首有名的干谒词，因此，柳永发出了“叹年来踪迹，何事苦淹留”的喟叹。其实，柳永心里非常明白，自己为什么到处奔波？还不是为了科考吗？一面高喊“才子词人，自是白衣卿相”，一面却又为科考到处奔波。这，才是一个最真实的柳永！

词写至此，游子思乡之情已表达尽了。但是，柳永并未罢休，他借鉴了杜甫《月夜》诗中“香雾云鬟湿，清辉玉臂寒”的写法——明明是自己怀念妻子，却偏偏要写妻子思念自己，写出了“想佳人妆楼颙望，误几会、天际识归舟”四句。想来，佳人正盛妆凭栏，举目眺望，多少次，以为天边的归舟就是自己乘坐的船。

“天际识归舟”是南朝著名山水诗人、号称“小谢”的谢朓《之宣城郡出新林浦向板桥》一诗中的名句：“天际识归舟，云中辨江树。”柳永将其巧妙地嫁接在自己这首词中，写妻子凭栏远眺，多少次误识归舟。

这首词的下片，词人有意写得一波三折。明明是自己正在登高远眺故乡，却偏偏写成“不忍”登高；明明知道自己近年来四处奔波是为了科考功名，却追问自己为何滞留他乡；明明是自己思念故乡，却偏偏说是妻子盛妆在楼上正眺望归舟，盼望游子归来。直至这首词的最后，才写出自己正登楼凭栏，眺望远方，满腹乡愁。“争知我，倚阑干处，正恁凝愁。”下片结尾三句的羁旅乡愁，才是这首词要表达的中心。上片写的秋风、秋雨、夕阳、江水，下片抒情的一折三折，其实，都是为了一吐胸中的思乡之情。

美辞玉屑

赠荷花

〔唐〕李商隐

世间花叶不相伦，花入金盆叶作尘。

唯有绿荷红菡萏，卷舒开合任天真。

此花此叶长相映，翠减红衰愁杀人。

月夜

〔唐〕杜甫

今夜鄜州月，闺中只独看。

遥怜小儿女，未解忆长安。

香雾云鬟湿，清辉玉臂寒。

何时倚虚幌，双照泪痕干。

之宣城郡出新林浦向板桥

〔南朝齐〕谢朓

江路西南永，归流东北骛。

天际识归舟，云中辨江树。

旅思倦摇摇，孤游昔已屡。

既欢怀禄情，复协沧洲趣。

嚣尘自兹隔，赏心于此遇。

虽无玄豹姿，终隐南山雾。

雨霖铃

〔宋〕柳永

寒蝉凄切。对长亭晚，骤雨初歇。都门帐饮无绪，留恋处、兰舟催发。执手相看泪眼，竟无语凝噎。念去去、千里烟波，暮霭沉沉楚天阔。

多情自古伤离别。更那堪冷落清秋节！今宵酒醒何处？杨柳岸、晓风残月。此去经年，应是良辰好景虚设。便纵有千种风情，更与何人说？

《雨霖铃》（寒蝉凄切）是柳永的代表作。

这首词是柳永南下楚地，和自己的恋人别离的送别词。上片写离别时遭受的精神折磨，下片写想象中离别后遭受的精神折磨。

开篇三句“寒蝉凄切。对长亭晚，骤雨初歇”，写离别的环境。“寒蝉”是深秋将死之蝉，叫声哀婉悲切。“对长亭晚”交代送别的地点、时间是长亭、傍晚。“骤雨初歇”，突然而至的阵雨刚刚停止。

“长亭”萧瑟，蝉鸣凄凄，阵雨停了，天色又“晚”，分别在即。痛苦之情尚未书写已溢满纸。

都门帐饮无绪，留恋处、兰舟催发。

“都门帐饮”，指在京城汴京的城门外设帐摆酒宴送别，这是自汉代以来就存在的一种习俗。柳永此次前往楚地是离京南下，此行何时能回，能不能回，回来还能不能重逢，都得打上一个大大的问号。

从全词看，与柳永泣血而别的这位女子，应当是柳永的红颜知己。作为风流才子的柳永，他一生身边从来都不缺红颜，缺的只是红颜知己。恋人为自己设宴相别，他喝不下、吃不下，但又不能不痛饮几杯解愁酒。他和恋人万般依恋却又不得不分别，只盼再多待一会儿，“兰舟”上的船夫却毫不讲情面，棒打鸳鸯，催着客人快快登船出发。

这就要走，这就要别，你说怎么办？总有千言万语要倾诉、要叮嘱，可是，手拉着手，你看着我，我看着你，竟然欲诉无语，涕泣无声。这就叫：

执手相看泪眼，竟无语凝噎。

中国古典诗词写情侣别离的作品触目皆是，但像柳永这样能够写出“执手相看泪眼，竟无语凝噎”者前无古人，后来戏曲中由此写出“流泪眼看流泪眼，断肠人对断肠人”，终归让人感到比不上柳词的隽永。金人元好问《摸鱼儿》中“问人间、情是何物？直教生死相许”“欢乐趣，离别苦，是中更有痴儿女”，写的正是柳永此时的心境。

现实中难分难舍全写了，自然会想到别离之后。

念去去、千里烟波，暮霭沉沉楚天阔。

这三句写了想象中别离后的情景。“念”是想，“去去”类似《古诗十九首》中的“行行重行行，与君生别离”。词人重复用“去”，用“行”，是因为将去的地方很远很远，或许是真的很远很远，或许是因为思念殷切感觉很远很远。

想象的情景其实很真实。因为登船后，自己前往烟波浩渺的楚地，很快就会消失在广漠空旷的天尽头。送别自己的恋人也只能止步于此，望着“千里烟波”的水面伤心，能够看见的也只有“暮霭沉沉”的辽阔楚天了。

总之，上片写出了情侣别离时刻骨铭心的悲痛。

离别既然这么痛苦，离别之后会好一点吗？下片写出了想象中离别后的相思之苦。

古往今来，最让人感伤悲痛的就是热恋中的情侣别离，正如江淹《别赋》中一再被人引用的开篇之语："黯然销魂者，唯别而已矣。"更何况是在清冷悲凉的晚秋与自己的红颜恋人分别。所以，下片开篇就写：

多情自古伤离别。更那堪冷落清秋节！

这种离别之苦要经过漫长的岁月来沉淀、淡化、消解，在这令人备感冷落的深秋季节，怎可能一下子消解得了？

紧接着写想象中酒醒之后的心理折磨：

今宵酒醒何处？杨柳岸、晓风残月。

柳永并没有说自己今晚酒醒之后会如何，而是写出了在漂流的孤舟中，寂寞孤凄的自己大概只能对三种景物有独特的感受：杨柳、晓风、残月。这三种景物合在一起，把心中的凄哀悲苦充分表现出来了。因此，这两句也成为本词最为后人所传诵的名句，被称为"古今俊语"。

它的名气有多大呢？比柳永小了半个世纪的苏东坡都想和柳永这两句比试比试。

柳永的词冠绝一代，引发了后辈苏东坡的关注。苏东坡手下有一位幕僚，极善歌唱。有一天，苏东坡问他：我写的词和柳七（柳永）的词相比怎么样呢？那位幕僚回答：柳郎中的词只应当让十七八岁的小女孩，手拿着红牙板，唱"杨柳岸、晓风残月"；您的词，需要关西大汉，手拿铜琵琶、铁板，唱"大江东去"。苏东坡一听，为之绝倒。

此事的真假如何，我们不知道，这是宋人笔记所载；但这则故事所说的，至少符合柳词婉约与苏词豪放的巨大区别。

结束想象，回到现实，胸中的愁情实在是无可摆脱。词人只好宕开一笔，想到今后要与自己的恋人长期分离，再好的时光，再美的景色，也没心思去欣赏了。随即写下“此去经年，应是良辰好景虚设”的真切感受。

分别时是“执手相看泪眼，竟无语凝噎”，一句话没说。分别后，自己即使再有万千感受，又能向谁诉说呢？这首词就在“便纵有千种风情，更与何人说”的感慨中收结了。似乎还有千言万语，但既然无法与他人谈，想象中的离别之苦自然不再写了。

美辞玉屑

摸鱼儿

〔金〕元好问

乙丑岁赴试并州。道逢捕雁者云：“今日获一雁，杀之矣。其脱网者悲鸣不能去，竟自投于地而死。”予因买得之，葬之汾水之上，垒石为识，号曰“雁丘”。同行者多为赋诗，予亦有《雁丘词》。旧所作无宫商，今改定之。

问人间、情是何物？直教生死相许！天南地北双飞客，老翅几回寒暑。

欢乐趣，离别苦，是中更有痴儿女。君应有语，渺万里层云，千山暮景，只影为谁去？

横汾路，寂寞当年箫鼓，荒烟依旧平楚。招魂楚些何嗟及，山鬼自啼风雨。天也妒，未信与、莺儿燕子俱黄土。千秋万古。为留待骚人，狂歌痛饮，来访雁丘处。

天仙子

〔宋〕张先

时为嘉禾小倅（cuì），以病眠，不赴府会。

《水调》数声持酒听，午醉醒来愁未醒。送春春去几时回？临晚镜，伤流景，往事后期空记省。

沙上并禽池上暝，云破月来花弄影。重重帘幕密遮灯，风不定，人初静，明日落红应满径。

张先是和柳永齐名的宋代词人。他在宋代词坛上颇负盛名，人称“张三影”。为什么叫“三影”呢？因为他在三首词中写“影”的句子都非常有名。宋人陈师道的《后山诗话》认为，这三句带“影”的名句是：“云破月来花弄影”“帘压卷花影”“堕飞絮无影”。张先是从花间词人到苏轼的一个过渡词人，在宋代词史上占有重要地位。

这首《天仙子》（《水调》数声持酒听），就含有“云破月来花弄影”一句。

《天仙子》，唐教坊曲名，源自西域，本名《万斯年》，后来用为词牌。

词前的小序交代了两件事：一是当时张先正在嘉禾（今浙江嘉兴）任职通判。二是因为身体小恙，没有去上班。

我们先看上片开篇的两句：“《水调》数声持酒听，午醉醒来愁未醒。”《水调》是曲名。张先因为小病未去上班，在家中一边饮酒，一边听歌，听了几曲《水调》，并未能消解心中的忧愁，因而昏昏沉沉地睡去。但是“午醉醒来”之后，他的愁思并未消解。

这两句透露了什么信息呢？

在家饮酒、听曲，本来是一件人生快事，张先只听了“数声”就听不下去了，他为什么听不下去呢？为什么在家中午就喝醉了呢？从这两句看，“愁”应是主因。未喝之前已经满怀愁情了，因此听曲听不进，喝酒一喝就醉，甚至酒醒后仍然愁绪未减，“愁”导致了一系列事件。

既然“愁”是主因，那么，张先为何而“愁”呢？

接下来的“送春春去几时回”一句给了答案。

先说“送春”。

写到“送春”，说明这首词所写的是暮春时节。“送春”的前提是因为春归了，因春归而“送春”，因“送春”而伤春，当是张先之愁的重要诱因。晏殊的“无可奈何花落去，似曾相识燕归来”，苏轼的“春色三分，二分尘土，一分流水。细看来不是杨花，点点是离人泪”，都是因春归、送春引发了伤春之情。

古今一体，古人之情亦今人之情，所有这些伤春之作、伤春之情，其实都缘于人类对自身生命流逝的伤感。

再说“春去”。

“春去”包含有两层意思。一是指自然界的春天消逝了，二是指个人的青春逝去了。据词前小序，张先写这首词时已经五十二岁了。五十二岁，在宋代，已经进入老龄了。因此，张先深感自己的生命正在一点点消逝。本来，进入老龄是一个人的必经之路，但是张先却不能接受。

最后说“几时回”。

在“送春春去”四字之后，张先特意写了“几时回”三字。自然界的春天，明年还会回来；人生的青春，一旦逝去，永远都不会再来了。张先以此问表达自己不愿接受不能再回来的青春。

正因如此，张先在晚年做了两件大事。

张先八十岁时，娶了一位十八岁的小美女为妾。他颇为得意，写诗曰：“我年八十卿十八，卿是红颜我白发。与卿颠倒本同庚，只隔中间一花甲。”他的好友苏轼，专门写了一首非常有名的诗予以调侃：

十八新娘八十郎，苍苍白发对红妆。

鸳鸯被里成双夜，一树梨花压海棠。

“梨花”色白，形容张先一头白发；“海棠”色红，形容新娘是红颜少女。

更令人难以置信的是，张先在八十五岁高龄时再次纳妾，震惊了整个北宋文坛。

作为张先的好友，苏轼又写了一首《张子野年八十五，尚闻买妾，述古令作诗》，诗中有“诗人老去莺莺在，公子归来燕燕忙”一联，打趣张先八十五岁买妾一事。张先得此诗后和了一首以回，中有“愁似鳏鱼知夜永，懒同蝴蝶为春忙”一联，表明自己只是不愿忍受孤寂的漫漫长夜，并非风流成性。

联系张先晚年的事，我们就可以明白，张先填此词时，对生命流逝的敏感，对“送春春去”的伤感，对“几时回”的追问，其实都和他所希望的生活息息相关。

上片最后三句：“临晚镜，伤流景，往事后期空记省。”唐人杜牧《代吴兴妓春初寄薛军事》诗中有“自悲临晓镜，谁与惜流年”二句，张先这首词，化用了杜牧的诗，只是将“晓”，换成了“晚”，一来是午睡后天色近晚，二来是自己已渐入晚境。感伤似水的年华正在悄然逝去，追忆任何往事，瞻望任何未来，都是空费心思。

下片换头二句，“沙上并禽池上暝，云破月来花弄影”，先写沙上的鸳鸯双栖双宿，燕婉亲昵，再写园中散步看到的惊喜。

什么惊喜呢?

本来，午醉大睡一觉，晚间自然不能过早成眠，于是花园散步就成为一种享受。但是，天公不作美，空中的云层厚厚地遮盖了月亮，在漆黑的园中散步，自然少了份情韵。突然，厚厚的云层被撕开了一道缝隙，这就是“云破”；云层中透出一道皎洁的月光，这就是“月来”。再看园中，花枝摇曳，婆娑晃动，疏影横斜，真是“云破月来花弄影”。

王国维在《人间词话》中盛赞此句：“‘云破月来花弄影’，着一‘弄’字而境界全出矣。”王国维认为，这句好在一个“弄”字。沈祖棻（fēn）认为：这一句中“弄”字用得好，得益于前面的“云破”和“月来”这两个词。如果没有“云破”“月来”，仅仅一个“弄”字，不会有这么好的效果。他们的评论都很精当，正是先有了“云破”，再有了“月来”，才会让花枝摇曳生姿，似乎在戏弄花影。至此，词人的兴致全出，一扫自午前听曲、饮酒到醉醒后的种种烦恼。

其实，这一句之所以得此大名，在于词人抓住了大自然中一刹那的景致，并用最形象的词语点染成一种难言之美。

必须申明的一点是，无论是“云破”，还是“月来”，直至“花弄影”，都是风之所为。因为有风，才刮开了云层，透出了月光，晃动了花枝，造成花枝戏影的特殊效果。但是，词人恰恰没有点明风。

下片的最后四句，才紧紧抓住风来写：“重重帘幕密遮灯，风不定，人初静，明日落红应满径。”

自园中回到室内，词人赶快拉上重重的帘幕，密密麻麻地遮住灯，以免被风吹得烛影晃动；并在此后加了“风不定”三个字，说明拉帘的原因。此时，刚刚进入初夜，万籁俱静。词人独坐室内，心想这暮春时节，经过一夜狂风，明天一定是满园落红。

结尾，词人再写惜春、惜花之情，呼应上片，收结全篇。

美辞玉屑

代吴兴妓春初寄薛军事

〔唐〕杜牧

雾冷侵红粉，春阴扑翠钿。
自悲临晓镜，谁与惜流年。
柳暗霏微雨，花愁黯淡天。
金钗有几只，抽当酒家钱。

张子野年八十五，尚闻买妾，述古令作诗

〔宋〕苏轼

锦里先生自笑狂，莫欺九尺鬓眉苍。
诗人老去莺莺在，公子归来燕燕忙。
柱下相君犹有齿，江南刺史已无肠。
平生谬作安昌客，略遣彭宣到后堂。

木兰花·乙卯吴兴寒食

〔宋〕张先

龙头舴艋吴儿竞，筝柱秋千游女并。

芳洲拾翠暮忘归，秀野踏青来不定。

行云去后遥山暝，已放笙歌池院静。

中庭月色正清明，无数杨花过无影。

先说词牌，《木兰花》是词牌名，又名《玉楼春》。

再说题目《乙卯吴兴寒食》。“乙卯”，宋神宗熙宁八年（1075），这个纪年非常重要，因为，它让我们知道了张先写作这首词时已经八十六岁了。张先八十岁、八十五岁曾两次买妾，震惊北宋文坛。据此推断，这首词应当是他八十五岁第二次买妾后所写。“吴兴”，即今浙江湖州吴兴区。“寒食”是中国古代一个重要节令，时间是每年冬至后第一百零五天。远古时，初春时气候干燥，保存的火种容易引发山火，加之古人在这个节令要举行祭祀，因此将上一年的火种全部熄灭（禁火），再重新钻燧取新火，故称“禁火节”。后来，晋文公为纪念追随他的臣子介子推，改为“寒食节”。清人修改历法，将清明节前一日定为寒食节。今天，人们已不过寒食节，将它和清明节合并了。

这首词的上片四句，“龙头舴艋吴儿竞，笋柱秋千游女并。芳洲拾翠暮忘归，秀野踏青来不定”，写寒食这一天的三种代表性活动——赛龙舟、荡秋千、踏青。这四句各有重点。前两句写赛龙舟和荡秋千。

首句“龙头舴艋吴儿竞”，写吴地龙舟竞渡的盛况。“舴艋”，形状如蚱蜢的小船。“舴艋”舟装上“龙头”，可能和龙图腾崇拜有关，装上龙头后，船显得威武雄壮，龙舟竞赛时更有气势。赛龙舟是中国古代吴越地区一种非常久远的祭祀活动，最早它应是吴越先民祭祀水神、龙神的一种活动。张先以“龙头舴艋吴儿竞”写浙江吴兴的寒食竞渡，反映了北宋时期的寒食民俗。此句写得最佳的一个词是“竞”，这个“竞”字把整个赛龙舟的盛况写得空前激烈。

第二句“笋柱秋千游女并”，写女子们竞相荡秋千嬉耍。中国古代寒食节的活动非常多，扫墓、禁烟、祭祖、吃寒食、插柳、踏青、蹴鞠、荡秋千、赏花、斗鸡、馈宴、咏诗等都在其中。这首词抓住荡秋千这一活动，写出了女子们寒食节上游玩的愉快活泼。“笋柱”，指用竹子做成的秋千支架。“游女并”，写游女众多。

前两句，一句写男人的赛龙舟，一句写女人的荡秋千。寒食的主要活动全写到了。

第三句“芳洲拾翠暮忘归”，“拾翠”，原意是拾取翠鸟羽毛作为妆饰物，后多代指妇女游春，语出曹植《洛神赋》“或采明珠，或拾翠羽”。这一句写寒食节当天，众多女子外出游春，暮色降临，仍不愿归去。

第四句“秀野踏青来不定”，是上句“芳洲拾翠暮忘归”的工对之句。内容和上句相同，只是上句用“芳洲”，下句用“秀野”，都是指美丽如画的郊野。“踏青”和“拾翠”在本词中分为两句，今天已合并为一个成语——拾翠踏青，其实就是春游。“来不定”，指或来或去，没有定数，全凭兴致。古代诗词中常常把“踏青”和“拾翠”并提，如唐人吴融《闲居有作》：“踏青堤上烟多绿，拾翠江边月更明。”

上片四句总写了寒食游春的盛景。寒食是古人极为重视的节令，加之正当暮春时节，特别适合游春，因此，每逢寒食，城中人倾城而出，在郊野踏青赏春。

这四句给我们的感受是：人如潮涌，热闹非凡。

下片四句："行云去后遥山暝，已放笙歌池院静。中庭月色正清明，无数杨花过无影。"

这四句给我们的感受是：形单影只，幽静深渺。

第一句"行云去后遥山暝"写天上。片片浮云，飘飘而去，天色放晚，远山只剩下一抹青黑。此句重点写色。

第二句"已放笙歌池院静"写地上。白日游春，笙歌不绝，游人不断，令人心旷神怡。傍晚过后，自家庭园，池塘浓荫，一切都那么幽静。此句重点写声，当然，无声也是声。

第三、四句，"中庭月色正清明，无数杨花过无影"写月色、杨花。月光皎洁，铺满中庭，朦胧月光下，无数杨花飘飘而下，却看不清杨花的影子，这是写庭院的朦胧之美。此句重点写影。

清人朱彝尊《静志居诗话》评论此句时说："张子野吴兴寒食词'中庭月色正清明，无数杨花过无影'，余尝叹其工绝，在世所传'三影'之上。"朱氏认为，此句的"影"字，胜过陈师道所列的"三影"名句。甚至有人说，可以将这首词的"无数杨花过无影"和张先其他"三影"合并为"四影"。其实，究竟哪几个"影"字写得好，是一个见仁见智的问题。

这首词作为张先的代表作，是难得一见的寒食节令词。寒食，是距我们越来越远的一个节令，我们借助这首词，知道了宋代寒食的诸多民俗。

对今人来说，张先未免太风流了。八十岁娶十八岁小妾，八十五岁再买小妾，这不折寿吗？读了这首词，我们看到了一个充满童心的词人张先。八十六岁高龄的张先，对寒食节白天的赛龙舟、荡秋千、踏青充满了兴趣。晚上，又在欣赏“无数杨花过无影”的朦胧之月，欣赏庭院的幽静。这种年轻的心态也是他的长寿之道吧。

美辞玉屑

闲居有作

〔唐〕吴融

依依芳树拂檐平，绕竹清流浸骨清。
爱弄绿苔鱼自跃，惯偷红果鸟无声。
踏青堤上烟多绿，拾翠江边月更明。
只此超然长往是，几人能遂铸金成。

苏幕遮

〔宋〕范仲淹

碧云天，黄叶地，秋色连波，波上寒烟翠。山映斜阳天接水，芳草无情，更在斜阳外。

黯乡魂，追旅思，夜夜除非，好梦留人睡。明月楼高休独倚。酒入愁肠，化作相思泪。

范仲淹的《渔家傲 · 秋思》（塞下秋来风景异）被称为中国第一首边塞词，但从主题上看，《渔家傲 · 秋思》（塞下秋来风景异）实际上是一首思乡曲："浊酒一杯家万里，燕然未勒归无计。羌管悠悠霜满地，人不寐，将军白发征夫泪。"从将军到士兵，一杯浊酒抵不住对万里之外的家乡的思念之情。

我们今天分享的《苏幕遮》（碧云天）则是一首地道的思乡曲，写的是乡愁。

我们先看这首词上片的前四句：

碧云天，黄叶地，秋色连波，波上寒烟翠。

天上飘浮着碧蓝的流云，地上铺满金黄的落叶，浓重的秋色融入江水之中，江面上雾气氤氲，透出阵阵寒意。

这四句选取了"碧云""黄叶""秋色""寒烟"四个意象为我们描绘了深秋季节的景色。

词人这样写想表达什么呢？

似乎没有明说，只有一个"寒"字，透露出秋色浸透着的寒凉。词人为什么要渲染秋意的寒凉呢？写秋意寒凉想表达什么呢？仍然没有明确写出。

元人王实甫的《西厢记 · 长亭送别》一折中，崔莺莺送别张生进京赶考时唱的第一支曲子【正宫】【端正好】是："碧云天，黄花地，西风紧，北雁南飞。晓来谁染霜林醉？总是离人泪。”王实甫化用了范仲淹这首词的前两句，通过莺莺的口，描绘了一幅深秋送别的秋景图。这幅画面，对烘托崔莺莺送别张生时的恋恋不舍之情起了很大的作用。王实甫将“叶”改为“花”，“黄花”特指菊花，再加上南飞的大雁、经霜变红的秋叶，让秋意显得更浓更重。

由此可以见出，范仲淹以“碧云”“黄叶”等意象描写秋景的套路，对后人影响很大。

上片的后三句“山映斜阳天接水，芳草无情，更在斜阳外”接着前四句继续描写秋景，不同的是，和前四句相比，后三句的视野更远了。

远山遥遥，“斜阳”与远山映衬；江水滔滔，碧天与江水相连，“无情”的“芳草”一直延续到“斜阳”之外。

和前四句的意象相比，这三句写远景时，在“碧云”“黄叶”“寒烟”等意象之外，加上了“远山”“斜阳”“芳草”三个意象。

这里，我们特别要讲讲“芳草”。

首先，词人将秋草写成了“芳草”。一般来说，“春草”是被称为“芳草”的。如白居易《赋得古原草送别》：“离离原上草，一岁一枯荣。野火烧不尽，春风吹又生。远芳侵古道，晴翠接荒城。又送王孙去，萋萋满别情。”诗中用“远芳”代表春草，春草连绵不绝，充满别情。这种写法深受淮南小山《招隐士》中“王孙游兮不归，春草生兮萋萋”的影响，《招隐士》写春草一望无际，生长茂盛，仿若剪不断、理还乱的愁情，开启了中国诗歌以春草表达相思、愁思无边无际的先河。李煜的《清平乐》（别来春半）中“离恨恰如春草，更行更远还生”以春草写怨恨，写得更恰切。春草有着旺盛的生命力，这与丝丝缕缕浓得化不开的愁怨相贴合。不过，范仲淹这首词写的不是春草，而是秋草，用“芳草”替代了秋草，大概在表情达意上想强调纵使曾经生机勃勃的春草衰败了，可是“春风吹又生”，我的愁怨仍然还在啊。

而且词人在写“芳草”时，特意在其后加上了“无情”二字。“斜阳”已在天边，几乎是望不见了。但是，在“斜阳”外，还有一望无际的“芳草”，词人的故乡更在“芳草”之外的遥远之处，因此，“无情”表达了对“芳草”的怨恨。客观地讲，这是一种无理的怨恨。故乡遥遥，望不可及，远不可及，何怨“芳草”？词人只是以无理之怨表达自己的思乡情切、思乡情深罢了。

上片的写景，视线由近至远，直至“芳草”之外已经完全望不到的故乡。

从用笔来看，上片似乎是近乎纯粹的景语，但是“芳草无情”一句，透露出词人的景语中实际上已经包含了乡愁的感情。

下片前四句，“黯乡魂，追旅思，夜夜除非，好梦留人睡”，点出乡愁让人的心情黯然失落。在中国古代文学史上，写别离之苦的名句，莫过于南朝作家江淹的《别赋》开篇的两句：“黯然销魂者，惟别而已矣。”我们这首词下片开篇的“黯乡魂”，实际上与其一样，就是说乡愁让自己黯然销魂。“追旅思”中的“旅思”，是旅途中的愁思。前面再加一个“追”字，表明旅途中的愁思一直在追着自己、压迫着自己、缠绕着自己，无法解脱。除非夜夜梦到故乡的“好梦”，才能“留”给自己一些安慰，好好入睡。

末尾三句，“明月楼高休独倚。酒入愁肠，化作相思泪”，巧妙地点出词人是在明月之夜站在高楼之上眺望远方，眺望给他带来的是无穷无尽的乡愁。至此，词人已经无法抑制自己的悲痛，乡愁终于化为泪水，夺眶而出。

词人以“明月楼高休独倚”告诫自己不要在月光下独自登楼，似乎是“明月”“高楼”“独身一人”带给了词人强烈的乡愁。

“明月”的确是诱发乡愁的重要原因。李白《静夜思》中“床前明月光，疑是地上霜。举头望明月，低头思故乡”就是“明月”诱发乡愁最经典的例证。

“高楼”也是诱发乡愁的重要原因。山也高，但是山有群峰为伴，草木相依。唯有高楼，孤绝无依，而且高可生寒，寒让人感到悲凉。苏轼《水调歌头》中“我欲乘风归去，又恐琼楼玉宇，高处不胜寒”就点出了高楼让人倍感凄凉。

“独身一人”是第三大诱因。如果有意中人相伴，登楼赏月是一种雅兴，令人流连忘返；可是独自登楼，感受到的只是意兴阑珊，乡愁难遣。

“明月”“高楼”“独身一人”齐备，当然陷入思乡的愁怨中，无法自拔。

最终，被折磨不堪的词人只好借助于酒，希望醉酒可以麻醉自己，暂时忘却烦恼，但是，“酒入愁肠，化作相思泪”，那深重的愁思啊，不过化作了两行苦涩的清泪而已。

所有的努力都是白费工夫，都是徒劳无效。全词在词人的万般无奈之中收结。

我们熟知的范仲淹，是挥毫泼墨写就《岳阳楼记》的一介文官，殊不知范仲淹曾经有过一段从军边境、抗敌御辱的边塞生活。

1038 年至 1040 年，北宋政权的西边崛起了一个党项族李元昊建立的西夏政权。西夏军屡屡犯边，宋军屡败，局面非常被动。在这危急时刻，宋仁宗召回被贬外地的范仲淹，担负起抗击西夏的重任。

范仲淹审时度势，采取了一系列措施，彻底扭转了战局，有力地扼制了西夏的攻势，稳定了北宋的西北边疆。

这首词就是范仲淹在西北戍边的艰难岁月中写成的。

美辞玉屑

清平乐

〔五代南唐〕李煜

别来春半，触目柔肠断。砌下落梅如雪乱，拂了一身还满。

雁来音信无凭，路遥归梦难成。离恨恰如春草，更行更远还生。

浣溪沙

〔宋〕晏殊

一曲新词酒一杯，去年天气旧亭台。
夕阳西下几时回？
无可奈何花落去，似曾相识燕归来。
小园香径独徘徊。

晏殊是位神童，五岁能创作，十四岁被赐同进士出身，可谓少年得志。他最终官至宰相，功成名就。

一位身居高位、安享尊荣的“太平宰相”，在一般人眼中是一位成功者。那么，他的生活中还有忧虑吗？他为什么会有忧虑呢？我们应该如何看待他的忧虑呢？

这首小令仅有六句，上片、下片各三句。

上片首句说，填上“一曲新词”，点明今年听的歌曲是新填的歌词。词是宋代的流行歌曲，填词是为了歌唱。酒呢？未写新旧，必是今年新酒无疑。暮春的烟景下，听着“新词”之歌，端起一杯美酒，以歌侑酒，好不快乐。

第二句“去年天气旧亭台”。“天气”之前加了一个“去年”，说明今年暮春饮酒的时间，和去年暮春饮酒的时间几乎相同。“亭台”之前加了一个“旧”字，说明今年饮酒的地点与去年也完全相同，还是自己去年赏春饮酒的亭台。

这两句词单看起来平平无奇，可是合到一起，意思就深了。酒未变，饮酒地点“旧亭台”未变，“天气”亦未变。变的只有今年填的“新词”。

词人填“新词”，却点出“去年天气”，显然是特别强调。作者为什么要强调它呢？

我们再品读一下上片末句的“夕阳西下几时回”。“夕阳西下”似为正常，但是，和前两句强调的“新词”“去年天气旧亭台”合在一起，似乎有点特别的意思。什么意思呢？今日“西下”的“夕阳”，明日还会回来，但是，明日再回来的朝阳已经不是今日的“夕阳”了。

诗人对岁月流失、时光不再、人生无法挽留的喟叹正从这里轻轻流出。

因此，第二句的“去年天气”应当不是真正的“去年天气”。虽然同为暮春，一样的只是季节，今年饮酒赏春的人已不是去年饮酒赏春的人了——人又老了一岁。这就叫“物是人非”！

怀旧之感、伤今之情与惜时之意巧妙地交织、融合在一片词之中。人生短暂与时间永恒的思绪淡淡涌出，词人以有限的生命体验无穷的时间，使此词有了一种哲思意味。

下片呢？

无可奈何花落去，似曾相识燕归来。小园香径独徘徊。

“花落”“燕归”是暮春常见之景，“花落”是词人“无可奈何”之事，是岁月不居的具体反映。归来的燕子还是去年的燕子吗？只能说同是燕子，但已不是“旧时堂前”的燕子了。

词人以兴致正浓开篇，却以无可奈何的伤春之情结束，尽管他襟怀冲淡，但在落花缤纷的园中小路上徘徊不已时，仍然无法摆脱心中的伤春惜时之情。这就是下片尾句的“小园香径独徘徊”。

这首词名气极大，大就大在“无可奈何花落去，似曾相识燕归来”两句。

一曲新詞酒一杯去年天氣舊亭臺夕陽西下幾時
回無可奈何花落去似曾相識燕歸來小園香
徑獨徘徊晏殊浣溪沙

这两句充溢着词人对时光的眷恋和岁月逝去的惆怅。这个意思并非新意，因此这两句并非以意取胜。同样，它亦非以写景手法取胜。

真正让人惊叹的是这两句的对仗。“花落去”与“燕归来”是寻常之对，极易写出。但“无可奈何”与“似曾相识”是以虚词对仗，工巧浑成，流畅含蓄，唱叹传神，似为触景生情，其实所得极为不易，只能称为神来之笔。

唐人贾岛《题诗后》一诗曾说：

两句三年得，一吟双泪流。

知音如不赏，归卧故山秋。

可见，名句之得有两种情况，一是偶得，二是苦吟。

晏殊的这两句名句是偶得还是苦吟呢？有一则逸事：

《复斋漫录》记载：晏殊前往杭州任职时，经过扬州，住宿大明寺。一天，他闭目徐行，让侍从读着大明寺诗板上的题诗，但不要侍者说出作者的姓名、籍贯。听了一会儿，晏殊对其中一首诗有了兴趣，经询问，是江都尉王琪的诗。于是，晏殊召王琪共餐。餐后二人步行，时已春晚，落花遍地。晏殊说自己每得好句，都要写在墙上，有时竟然一年都对不上下句，比如“无可奈何花落去”一句，直到今天都对不上。晏殊之说，是有意还是无意，今已无可得知。王琪一听，不假思索，应声而答：“似曾相识燕归来。”晏殊大喜，立即为王琪安排馆职，王琪从此一步登上清要之职。

宋初沿袭唐制，史馆、昭文馆、集贤院合称“三馆”，“三馆”任职均称馆职。馆职是一个地位清高的要职，一般要经过考试才能获得，晏殊以宰相身份推荐，因此王琪获此要职。

这条记载是真的吗？

应当说是假的。什么理由呢？

因为后人已经指出，晏殊一生从未任职杭州，当然也不会有王琪为其对下句之说了。

只能说，晏殊的这两句属对工巧，声韵和谐，寓意深婉，不愧为名句。不过，有一点是真的，那就是晏殊真心喜爱这两句，他在自己的另一首诗《示张寺丞王校勘》中又用了这两句：

元巳清明假未开，小园幽径独徘徊。

春寒不定斑斑雨，宿醉难禁滟滟杯。

无可奈何花落去，似曾相识燕归来。

游梁赋客多风味，莫惜青钱万选才。

此诗不仅用了“无可奈何花落去，似曾相识燕归来”，连“小园香径独徘徊”也一并用上了，足见词人对此词的钟爱之深。

美辞玉屑

长安道

〔唐〕白居易

花枝缺处青楼开，艳歌一曲酒一杯。

美人劝我急行乐，自古朱颜不再来。

君不见外州客，长安道，一回来，一回老。

晏元献赴杭州，道过维扬，憩大明寺，瞑目徐行，使侍史读壁间诗板，戒其勿言爵里姓氏，终篇者无几，又俾诵一诗，云：“《水调》隋宫曲，当年亦九成。哀音已亡国，废沼尚留名。仪凤终陈迹，鸣蛙只沸声。凄凉不可问，落日下芜城。”徐问之，乃江都尉王琪诗也。召至同饭，饭已，又同步池上，时春晚，已有落花，晏云：“每得句书墙壁间，或弥年未尝强对，且如‘无可奈何花落去’，至今未能对也。”王应声曰：“似曾相识燕归来。”自此辟置馆职，遂跻侍从矣。

——〔宋〕胡仔《苕溪渔隐丛话后集》卷二十

山亭柳·赠歌者

〔宋〕晏殊

家住西秦，赌博艺随身。花柳上，斗尖新。偶学念奴声调，有时高遏行云。蜀锦缠头无数，不负辛勤。

数年来往咸京道，残杯冷炙漫销魂。衷肠事，托何人？若有知音见采，不辞遍唱阳春。一曲当筵落泪，重掩罗巾。

白居易的《长恨歌》《琵琶行》两篇歌行体长诗，为其一生的诗歌创作增色不少。《长恨歌》我们姑且不论，《琵琶行》借琵琶女的身世抒写自己横遭贬谪的感慨，可谓借他人之酒浇自己胸中之块垒，是白居易这篇久负盛名的歌行体长诗最引人注目之处。晏殊的这首《山亭柳》（家住西秦），从某种意义上讲，就是晏殊版的《琵琶行》。

在人们的心目中，晏殊是宋代词人中一生都比较优裕从容之人，从十四岁赐进士出身，他的一生基本上都处在一个平稳的上升通道中。其实，晏殊也曾数次遭贬，这首词便写于其知永兴军任上，当时他已年过六十，被贬官多年。

这首词的上片，写“西秦”歌女自述当红之时的盛况：

家住西秦，赌博艺随身。花柳上，斗尖新。偶学念奴声调，有时高遏行云。蜀锦缠头无数，不负辛勤。

“家住西秦”，即出生于西秦，今甘肃榆中一带。“赌博艺随身”，这句中的“赌博”一词我们要正确理解，它和我们今天习用的“赌博”一词意义完全不同。“赌”的核心意思是竞争，“博”的意思是广博、广泛。“赌博”的意思是自己具有和别人一争高下的各种演唱技艺。“艺随身”，指自己一无所有，只有这份精湛的演唱技艺。“西秦”歌女的叙述，不排除炫耀的成分，但也是事实，更是描述自己当年红透京城的状况。

“花柳上，斗尖新”，本词的“花柳”，指各种高难的演唱技艺。这两句说，“西秦”歌女能在这样一个难度顶尖、唱法新颖的高度上与众多歌女一争高下。“尖”，指顶尖的难度；“新”是新颖的唱法。这是自夸，更是写“西秦”歌女鼎盛时的最佳状态。

“偶学念奴声调，有时高遏行云”，这两句继续叙写自己高超的演唱技巧。“念奴”是唐代著名歌女，“西秦”歌女自称偶尔学学念奴的声调，就能达到“高遏行云”的效果。

“高遏行云”出自《列子·汤问》，大意说，薛谭向秦青学习演唱，尚未将演唱技巧完全学到手，便自以为是，要辞师还乡。秦青并未阻止，并为他在郊外举行了一个送别宴会。秦青在饯别宴会上唱了一曲，“声振林木，响遏行云”，歌声在森林中引发了巨大的回响，天上的浮云似乎也因歌声不愿飘飘而去。这一曲惊醒了薛谭，薛谭马上向秦青道歉，要求继续学习，并终身不再说回乡之事。

“蜀锦缠头无数，不负辛勤”两句，写“西秦”歌女当红之时，一曲唱完，打赏无数，不辜负这一曲的辛勤劳动。打赏的礼品有蜀锦和各种名贵之物，“蜀锦”是蜀地出产的名贵丝织品。“缠头”，原指古代歌姬缠在头上作装饰的锦帛，后来把客人捧场打赏的锦帛也称“缠头”，再往后凡客人送的礼品（包括金银）都叫“缠头”。白居易《琵琶行》中“五陵年少争缠头，一曲红绡不知数”即为本词所本。

这首词的上片整体看来，完全是写“西秦”歌女当红时的得意和优裕。完全没有想到，花无百日红，人无百年好。时过境迁，岁月流逝，还能一直这样红下去吗？灿烂之后，必定归于平淡。

下片，写今日的惨淡生活：

数年来往咸京道，残杯冷炙漫销魂。衷肠事，托何人？

这几句是“西秦”歌女说自己，这几年在咸阳和长安之间往来奔波，常常面对“残杯冷炙”，令人心酸不已。这些伤心事又和谁诉说呢？“咸京道”，当指咸阳和京城长安之间的道路。“托何人”，实际是无人倾诉，无人可托。词中的“残杯冷炙”一词，出自杜甫《奉赠韦左丞丈二十二韵》：

……

骑驴十三载，旅食京华春。

朝扣富儿门，暮随肥马尘。

残杯与冷炙，到处潜悲辛。

可见，当年大红大紫的“西秦”歌女，已经沦落到经济困窘、社会地位低下的地步。巨大的反差让她几乎难以承受。如果没有往昔的众星捧月，也就不会有今日落差巨大的悲伤，这一点对她的伤害实在太大。到了这种地步，向何人倾诉衷肠？谁又愿意听她诉说衷肠呢？

这就无怪乎她直白地说出：“若有知音见采，不辞遍唱阳春。”如果能遇到知音，如果有人愿意倾听她的歌唱，她将不辞辛劳，为知音唱遍所有他愿听的阳春白雪。

有人认为，“衷肠事，托何人？若有知音见采，不辞遍唱阳春”四句，写“西秦”歌女希望能找到一个值得托付终身的人，这种解法值得商榷。一位年老色衰的歌女，遇到一位遭贬的高官，直接道出托付终身之事，恐不现实。况且当年大红大紫之时尚且未能嫁入豪门，如今浪迹天涯，残杯冷炙，再有此等想法，实在不大合乎时宜。

歌女的悲哀往往和年轻、美貌相连，当年轻、美貌失去后，即使唱得再好，亦不会有人愿意听她唱歌。

晏殊能写出这首词，肯定是听完了她的倾诉，也聆听了她的献唱，这就从另一面说明，我们的理解是符合实际的。这位“西秦”歌女在唱完一曲之后，情不自禁地流下了眼泪，但是，她马上又拿起“罗巾”，拭去滚落下来的泪珠。因为，她不需要别人的同情，她仍然有自尊。

这首词至此戛然而止，没有像白居易在《琵琶行》结尾，写下“座中泣下谁最多，江州司马青衫湿”的诗句。但是，这并不妨碍我们理解晏殊对这位歌女的同情。

那么，这首词到底有没有晏殊自己的身世之慨呢？仅仅是同情“西秦”歌女吗？不好说。我想，词中应有词人的身世之慨，毕竟晏殊享尽人间富贵之后，曾被贬官外放。有过这样的经历，才会与当年名冠一时如今年老色衰的歌女心有戚戚焉。

美辞玉屑

薛谭学讴于秦青，未穷青之技，自谓尽之；遂辞归。秦青弗止，饯于郊衢，抚节悲歌，声振林木，响遏行云。薛谭乃谢求反，终身不敢言归。

——《列子·汤问》

临江仙

〔宋〕晏几道

梦后楼台高锁，酒醒帘幕低垂。去年春恨却来时。落花人独立，微雨燕双飞。

记得小苹初见，两重心字罗衣。琵琶弦上说相思。当时明月在，曾照彩云归。

晏几道，北宋仁宗朝宰相晏殊的幼子，字叔原，号小山，词集为《小山词》。晏几道出生时，其父已四十七岁，作为幼子，他备受宠爱。自小生于锦衣肥马中的晏几道，酷爱填词，纵横诗酒，当他的六位兄长步入仕途时，他仍沉浸在风流公子的生活中。

十八岁时，父亲晏殊下世，家庭受到重挫。晏殊的门生、故吏并没有高看这位已故上司的幼子。据元人《研北杂志》载，晏几道在监颍昌府许田镇任上，亲手将自己写的词奉给府帅韩持国。韩持国是晏殊的部下，但是，韩持国的回信说：您才有余而德不足，希望您捐有余之才，补不足之德，不要辜负我这个门下老吏的期望。晏几道本想得到韩持国的赏识，结果被骂为有才无德。可以想见，晏几道看到这封信是何等失望、悲愤。

因此，晏几道一生只在一些低级职位上游移，但他才华横溢，既然仕途无望，便将自己的才华全部献给了诗词。

据晏几道自己在《小山词·自序》中说，他曾经在两位好朋友家中偶遇莲、鸿、苹、云四位歌女，对这四位歌女非常喜爱，每有新词作完，即交给她们演唱，自己和两位朋友一边喝酒，一边听歌。可惜好景不长，两位朋友中一位因病卧床不起，一位因病下世，自己最为钟情的四位歌女也相继转到他人家中。晏几道非常伤感，写了许多怀念旧日所爱歌女的词作，本词即为其中最为著名的一首。

我们先看上片的首二句：

梦后楼台高锁，酒醒帘幕低垂。

这两句中的“梦后”“酒醒”是互文见意，就是说“梦后”即是“酒醒”，“酒醒”就是“梦后”。“楼台高锁”与“帘幕低垂”指的是同一座楼台，但是一是从外看，一是从内看。两句合起来说，酒醒梦后，楼台高锁，帘幕低垂。

这两句隐藏了两个问题。

一是词人为什么喝酒。这首词是因酒而梦，由梦而醒，但究竟为什么喝酒呢，没有交代。

二是为什么酒醒梦后念念不忘那座“高锁”的楼台呢？

接下来的三句“去年春恨却来时。落花人独立，微雨燕双飞”对这两个问题做了交代。

“去年春恨却来时”，“春恨”特指男女之间的思念，“却”就是“又”，去年的“春恨”又来了。用了“去年”二字，可知这种思念并非一年两年了。年轻的歌女犹如春天一样充满了青春的气息，因此，春天怀人之情特别强烈。

现在我们可以讨论前面留下来的两个问题了。

词人为什么喝酒呢？因为“春恨”来了，无法消解，只能以酒消忧。

为什么念念不忘“高锁”的楼台呢？

因为它是引发“去年”、今年“春恨”的发生地，也是他和心仪女子当年常常相见之处。

下面的"落花人独立，微雨燕双飞"进一步坐实了"春恨"二字。

暮春之时，落英缤纷，微雨霏霏，双飞的燕子，在空中轻轻地掠过。

表面看来，词人在写客观的景致，其实，选择的意象却大有深意：一是"独立"的人，二是"双飞"的燕。双飞双栖的燕，反衬着孤独寂寞的人。

怀人的"春恨"就以这种委婉含蓄的方式轻轻点出。

我们要指出的是，"落花人独立，微雨燕双飞"两句，并非晏几道的原创，这两句是唐代诗人翁宏《春残》中所写：

又是春残也，如何出翠帏。

落花人独立，微雨燕双飞。

寓目魂将断，经年梦亦非。

那堪向愁夕，萧飒暮蝉辉。

翁宏这首诗虽然写出了如此精巧的两句，但由于整首诗写得不佳，很少为人所提及。晏几道将这两句用于《临江仙》（梦后楼台高锁）这首词中，产生了意想不到的效果。

可见，作诗填词并非不能借用前人成句，关键是用得好、用得巧。

这两句对"春恨"二字做了最好的诠释。

下片则是对"春恨"来由的明确阐释：

记得小苹初见，两重心字罗衣。琵琶弦上说相思。

下片开头三句写，记得当年初见小苹时，她穿着双层的"心"字图案的丝衣，聪明的小苹，利用琵琶弦上的曼妙乐声，表达了她对自己的一片爱慕之情。白居易《琵琶行》中的琵琶女也曾"低眉信手续续弹，说尽心中无限事”。小苹初见才华横溢的晏几道，就借琵琶声表达款款之情，可见二人是一见钟情。

词人特意点出自己与小苹初次相识的难忘之处是“两重心字罗衣”和“琵琶弦上说相思”。一是穿着，二是琵琶传情。虽然只写了两点，却表明初次见面的一切都深深印在词人记忆中了。所以此事虽早已成为陈年往事，但在词人心中依然清晰难忘。

晏几道和小苹的相识能让他记得如此清晰，应当说，两人的关系并没有停留在相识阶段，此后的相交、相知、相恋，词人一句都没有写，但初次见面都如此浪漫难忘，此后的交往自然可想而知。

下片不但写下了词人与小苹初次见面的细节，而且还写下了现在对当年小苹离去时的感慨：

当时明月在，曾照彩云归。

“彩云”指小苹。这两句说，当年小苹离去时的皓月依旧当空，曾留有小苹倩影的高楼依旧高耸矗立，但是，离去的“彩云”已芳踪难觅，芳容难睹，无限伤感溢于言表。

美辞玉屑

始时，沈十二廉叔，陈十君龙，家有莲、鸿、苹、云，品清讴娱客，每得一解，即以草授诸儿。吾三人持酒听之，为一笑乐而已。而君龙疾废卧家，廉叔下世，昔之狂篇醉句，遂与两家歌儿酒使俱流转于人间。自尔邮传滋多，积有窜易。七月己巳，为高平公缀缉成编。追惟往昔过从饮酒之人，或垄木已长，或病不偶，考其篇中所记，悲欢合离之事，如幻如电，如昨梦前尘，但能掩卷怃然，感光阴之易迁，叹境缘之无实也。

——〔宋〕晏几道《小山词》自序

鹧鸪天

〔宋〕晏几道

彩袖殷勤捧玉钟，当年拚（pàn）却醉颜红。
舞低杨柳楼心月，歌尽桃花扇底风。
从别后，忆相逢，几回魂梦与君同。
今宵剩把银釭（gāng）照，犹恐相逢是梦中。

北宋熙宁七年（1074），一个小官吏郑侠向宋神宗呈上了一幅《流民图》，以反对王安石变法。这直接导致了王安石变法受挫，无奈罢相。但是，以王安石为首的新派也不是吃素的，郑侠很快被罗织罪名交付御史台治罪。晏几道是郑侠的好友，郑侠被抄家时，搜出来了晏几道的一首《与郑介夫》诗。介夫，是郑侠的字。新派以反对变法为由，逮捕晏几道，将其投入狱中，幸亏宋神宗读了这首诗，认为没有什么大问题，于是释放了晏几道。此事虽然有惊无险，但对正处于下降通道的晏家，这个打击可不小，晏家的经济状况更是江河日下。而且晏几道生性耿直，不会攀附权贵，因此他一生从未当过大官，只在官场上混混日子。这让晏几道心中不平，只能醉心于诗酒生活。

关于这首名作，我们先看词牌。《鹧鸪天》，又名《思佳客》，五十五字，上、下两片。

上片写当年的自己与舞女一见钟情，堕入爱河。

首句“彩袖殷勤捧玉钟”的“彩袖”，是以袖代人，指代当年身穿色泽鲜艳的华衣的舞女，她就是让词人一见钟情并堕入爱河的女子。“殷勤”，指舞女当年对自己同样是一见钟情，因此敬酒时表现得热情异常。“捧玉钟”，端着酒杯敬酒。“玉钟”是对酒杯的美称，并非真是玉杯。因此，“彩袖殷勤捧玉钟”一句，写尽了当年一位美丽的舞女与词人的一片欢情。

第二句“当年拚却醉颜红”，写自己对这位年轻美丽舞女的逢迎和喜爱。“当年”两个字说明，这是若干年前的事情了，但是至今仍然让人记忆犹新。“拚却”，舍弃不顾，甘愿，“却”是语气词。“醉颜红”，指酒喝多了，满脸通红。按说，一个人的酒量大小，常喝酒的人自己心里明白。已经满脸通红了却仍然要喝，便是因为不愿意拒绝舞女的盛情，不惜一醉也要回应美人的情意。

这首词上片的前两句，一句写对方，一句写自己；一位劝酒，一位喝酒；劝是殷勤劝，喝是拼命喝。这足见当时词人与舞女的浓情蜜意及词人为求美人欢颜的豪情。

第三、四句是这首词的名句：

舞低杨柳楼心月，歌尽桃花扇底风。

其实，这两句写的是两人的初次见面。初次相见的最大特点是一夜笙歌。但是，晏几道对这次彻夜狂欢写得非常妙，他并没有写他们如何疯了一夜，而是用“舞低杨柳楼心月，歌尽桃花扇底风”两个工整的对句，选取了几个独特的意象，巧妙地勾勒出了彻夜狂欢的欢愉。彻夜狂欢最重要的内容是两项，一是舞，二是歌。舞跳到什么程度呢？要跳到“舞低杨柳楼心月”，舞者跳了几乎一宿，一直跳到月亮已经西沉至杨柳树下。歌唱到什么程度呢？要唱到“歌尽桃花扇底风”，歌者几乎唱了一宿，一直唱到拿扇的手累得停了下来。“桃花扇”，歌舞者用作道具的扇子，上绘桃花。扇底风尽形容不停地挥舞扇子，直到扇底风儿停了。为什么停呢？唱累了，舞累了，扇子舞不动了。女子的曼妙舞姿与婉转清歌令词人沉醉其中，缠绵不舍。“舞低杨柳楼心月，歌尽桃花扇底风”两句最高明的地方是既写出了词人与舞女两情相悦、尽欢尽兴的热闹场景，又自然而然地表现了时间之久。灯红酒绿的香艳中透着一股闲雅。

下片换头三句，“从别后，忆相逢，几回魂梦与君同”，点明上片写得如此曼妙的一见钟情，只是一种回忆，貌似真实，实际为虚。

别后相忆才是真真实实的现实。“从别后，忆相逢”，写出了如此一见钟情的相见，没有发展成为一生相伴的姻缘，也没有发展成一场轰轰烈烈的爱情，只是变成了一种刻骨铭心的相思、一种渴盼重逢的执念。但是，相思归相思，渴盼归渴盼，实际上只有在梦中才能和心上人相聚相逢。词人把自己的相思写成了双方的相互思念，因此才有了“几回魂梦与君同”之句。

这首词先写当年的一见钟情，再写别后的魂牵梦绕，其实，这些都是铺垫，词人真正想要写的是今日的重逢：

今宵剩把银釭照，犹恐相逢是梦中。

这里是反用杜甫《月夜》中“何时倚虚幌，双照泪痕干”及李商隐《夜雨寄北》中“何当共剪西窗烛，却话巴山夜雨时”两句的手法，杜甫、李商隐都是立足当下的分别，想象未来的团聚。晏几道在与舞女相别多年之后意外重逢立足的是当下的重逢。但是，虽然重逢，却不敢相信这是真的，手把“银釭”，一照再照，以为这次重逢是分别太久、思念太深的幻想，唯恐这次重逢依然是梦中相聚。这种写法非常别致，似虚实实。

这种似虚实实的写法和上片的似实实虚的写法完全相反。似实而虚，似虚而实，虚虚实实，实实虚虚，正是这首词最具魅力之处。正是这种感觉，让我们深深地感受到了晏几道和这位名不见经传的舞女的真挚、热烈的情感，感受到了这种真挚、热烈情感最终的悲剧结局的痛苦，感受到了晏几道高超的填词艺术。

美辞玉屑

与郑介夫

〔宋〕晏几道

小白长红又满枝，筑球场外独支颐。

春风自是人间客，主张繁华得几时？

踏莎行

〔宋〕欧阳修

候馆梅残，溪桥柳细，草熏风暖摇征辔。离愁渐远渐无穷，迢迢不断如春水。

寸寸柔肠，盈盈粉泪，楼高莫近危阑倚。平芜尽处是春山，行人更在春山外。

相识、相伴、相守是天下所有情侣共同的情感需求，它是一种人生的幸福。分别，于情侣来说是一种锥心的痛苦，甚至是一种残酷。但是，情侣之间的别离多种多样，甚至无法避免。中国古代最早的别离主要是由于兵役和徭役。“昔我往矣，杨柳依依。今我来思，雨雪霏霏”，这么美好的诗句，后面接着写的却是：“行道迟迟，载渴载饥。我心伤悲，莫知我哀。”这八句诗的意思是说：当年我出征时，杨柳依依。今天我回乡时，却是雪花飘飘。路途遥遥，又饥又渴。我内心的痛苦，没有人知道。很明显，被誉为《诗经》最美诗句的“昔我往矣”四句诗，却是长期服兵役的士兵对自己从军生活艰苦的感慨，漂亮的诗句背后隐藏着无限的苦楚。

后来，为官的游宦，求学的游学，经商的行商，都需要别离。

当下的中国，飞机、高铁、高速公路让出行变得十分通畅便利，但在古代，在主要靠步行、舟船、车马的时代，出行需要漫长的时间。漫长的时间拉长了别离的周期，增加了别离双方的痛苦。

欧阳修的这首《踏莎行》（候馆梅残）讲的就是别离之苦——离愁。

这首词是欧阳修的代表作。

我们先看这首词上片的前三句：

候馆梅残，溪桥柳细，草熏风暖摇征辔。

“候馆梅残。”“候馆”的来历很早，《周礼·地官司徒遗人》：“五十里有市，市有候馆，候馆有积。”意思是说，每隔五十里会有个市场，市场里有旅馆，旅馆里有储备的物资。可见，“候馆”最早指的是驿站。

“梅残”，梅花谢了。梅花是一年中最早绽放的花，它属于冬天。当冰封大地、万物凋零时，梅花从一个个不起眼的土灰骨朵儿，绽放成一朵朵冰清玉洁的花。当万物复苏、春花烂漫时，它已走完生命的历程。它不属于春天，当它凋零的时候，即“梅残”之时，春天才刚刚降临。因此，“梅残”写的是早春。“候馆梅残”，驿站的梅花凋零了。

“溪桥柳细”，“溪桥”，小溪和小桥，这是写什么？写路途上经过的河流，词中代指路途。游子经过的有河，可能还有平原、丘陵，总之，不同的道路，景色各异。但不能把什么都写进作品里，所以，以“溪桥”代表征途。“柳细”，写柳树刚刚绽放出新叶，柳枝本身仍很柔嫩，这是早春的柳。“溪桥柳细”也是早春的景象。

“草熏风暖摇征辔。”南朝梁代著名作家江淹《别赋》中有“闺中风暖，陌上草熏”两句，意思是，深闺之中暖意盈盈，道路之上草香阵阵。欧阳修把江淹两句中的“草熏”“风暖”合为一体，写成“草熏风暖”，路上草香的初春，行者踏上了征程。“征”，行。“辔”，马缰。“摇征辔”，催动征马，踏上行程。

上片开篇三句，写游子上路。

上片后两句，写游子的离愁：

离愁渐远渐无穷，迢迢不断如春水。

离愁，是一种感情，但凡感情都很难写，因为它抽象，不易描摹，似风似雾，却有切切实实的感受。欧阳修这两句，“离愁渐远渐无穷”写得直白、真切，这是白描；“迢迢不断如春水”写得很有新意，以无穷无尽的“春水”相喻，既切合了初春的季节，又以有形之水写出了无形之愁，这是比喻。

但是，和李煜的“问君能有几多愁，恰似一江春水向东流”相比，欧阳修的“离愁渐远渐无穷，迢迢不断如春水”仍然少了几分感人。

同样以“春水”喻愁情，为什么还有差别呢？

“迢迢不断如春水”不如“恰似一江春水向东流”具有强烈的冲击力。

两方面的原因造成了这一结果：

一是李煜的“一江春水”比起欧阳修的“迢迢不断如春水”更有力量。“迢迢不断”强调“春水”一股接着一股，一浪接着一浪，连续不断。“一江”强调“春水”是整条大江的“春水”，水量大而猛，滔滔滚滚，一泻千里。

二是李煜亡国的经历使他遭遇的痛苦远比一般的别离之苦更大、更深、更沉重。李煜告别的不是亲人，而是国家，一个永远无法恢复的人生最高平台！离开了这个平台，他昔日的旧臣欺负他，宋君欺侮他的爱妻小周后，他的人生尊严丧失殆尽，他的生命安全没有保障。因此，人们对李煜的同情远甚于欧阳修词中的游子。

寸寸柔肠，盈盈粉泪，楼高莫近危阑倚。

这首词的下片换了角度，不再从游子的角度来写，而是从思妇的角度来写。

“柔肠”不是铁石心肠，它经不起折腾，何况“寸寸”“柔肠”都承受着巨大的精神压力！“粉泪”是女人粉面上滚落的眼泪，“盈盈”形容清澈，眼中充满了泪水，滚滚而落。还得记住，不要登楼眺望，因为你无论站得多高，都看不见游子的身影。

平芜尽处是春山，行人更在春山外。

“平芜”，指杂草丛生的平原。一望无际、杂草丛生的平原，一眼看不到头的原野，它们的尽头才是隐隐约约的青山。“行人”，指游子。游子在哪儿呢？游子在“春山”之外，怎么能看得到呢？

这首词的下片写得很有特点，从上片写游子转来写思妇。一般作品或写游子，或写思妇，很少兼顾双方，欧阳修改变了这种写法，并把这两个方面都写到了极致。

末尾二句的“平芜尽处是春山，行人更在春山外”受到后人一致的好评。明人陈铎模仿其句，写下了“千里青山劳望眼，行人更比青山远”，引发了众多的争议。

由于词话不断地征引、讨论、阐释，欧阳修这首词被后世众多的宋词选本选入，我们今天看到的各种宋词选本，选取欧阳修的词时，大都选录了这首词。因此，这首词成为欧阳修的名作，成为宋词中的经典。

蝶恋花

〔明〕陈铎

昼永湘帘通乳燕，阑角新晴，风触蛛丝乱。满地苍苔人不见，淡烟冷落垂杨院。

树树好花开欲遍，阁泪看花，花貌欺人面。千里青山劳望眼，行人更比青山远。

生查子·元夕

〔宋〕欧阳修

去年元夜时，花市灯如昼。
月上柳梢头，人约黄昏后。
今年元夜时，月与灯依旧。
不见去年人，泪满春衫袖。

这首词是欧阳修写正月十五元宵节的佳作。元宵节，古人又称元夕、上元。

这首词的上片四句写去年元夕，下片四句写今年元夕。

上片第一句“去年元夜时”点出时间是去年的元夕之夜，此句是全词的引子。

第二句的“花市灯如昼”五字写尽了元夜夜晚亮如白昼的特点。为什么元夜的夜晚能够如同白昼呢？因为灯！众多的灯，照得夜晚如同白昼。

“花市”本指卖花的地方，但是，这首词写的元宵节的“花”不是一般的花，而是“火树银花”的“花”。因此，“花市”其实就是灯市。宋代元宵节花灯如海，“花市”二字点出了元宵夜的热闹非凡：车马喧阗，人声鼎沸，花灯满城，观灯如潮。

史书记载，唐睿宗每年元宵节的夜晚，都要扎起二十丈高的灯树，点起五万多盏灯，号称“火树”。后来，武则天时代的诗人苏味道在《正月十五夜》一诗中用“火树银花合”一句描写了元夕之夜火树银花的灯光、烟火覆盖全城的盛况。苏味道这首诗对后世影响极大，因此后人写到元夜的灯，都喜爱化用这首诗的意境。

上片的第三、四句写情人约会：“月上柳梢头，人约黄昏后。”“月上柳梢头”指月亮升起，“人约黄昏后”指月升后的夜晚，年轻的男女前来相会，这是他们的专利。“诗酒趁年华”，其实，比诗酒更要趁年华的是青春，是青春的遇合。

古代的年轻人为什么要选择元夕约会呢？

因为元夕取消了宵禁。宵禁是历代王朝的严格规定：凡驻有官府机构的城市晚上一律宵禁，即晚上不准出行。一年之中，只有元夜及其前后，即正月十四、十五、十六三天无宵禁。对老百姓来说，元夜无疑是一次狂欢节，可以尽情观灯，可以彻夜游玩。年轻男女则可利用这一夜，花前月下，幽会流连。这真是一年之中最令人销魂的一个夜晚。

所以，元夕是中国人的情人节。

当然，这并不等于说古代中国人只能在元夕相聚，如果没有平日的两情相悦，怎么会有“月上柳梢头，人约黄昏后”的约会呢？

上片写去年的元夕，先总写元夕夜晚的火树银花、游人如织的狂欢，再具体写一对年轻男女的单独约会。

下片写今年的元夕，但词人的重点不在元夕的灯火如昼、月光皎洁，而是去年元夕刚刚热恋的男子。一句“月与灯依旧”，一笔带过浪漫的元夕之夜。月，依旧爬上柳梢；灯，依旧璀璨夺目；人，依旧如浪如潮。但是，恋人却不见了。

“不见去年人”一句写出了这位痴情女子的惊讶，明明是去年元夕之夜海誓山盟、柔情蜜意、信誓旦旦的恋人，怎么今年元夕之夜竟然无处觅踪迹了呢？

“泪满春衫袖”道出了多情女子的悲凉：泪流满面，不断拭泪，终使“春衫袖”沾满了泪水。一个“满”字，写尽了企盼一年的相聚，竟然以这样一种场面收结的哀伤，这是自己设想了一千种见面方式都未曾想到过的。

这首词有两个很大的特点：

一是语言通俗明白而含意隽永。这首词的语言可以用“入口即化，不解自明”八个字概括。更重要的是词人在极为通俗的语言中蕴含了深刻的意义。

二是回环复沓的结构。复沓，即是重复。上片开篇的“去年元夜时”和下片开篇的“今年元夜时”仅仅更换一个字，物是人非、旧情难续的情感即通过对比全写出来了。上片的“月上柳梢头，人约黄昏后”和下片的“不见去年人，泪满春衫袖”也形成了鲜明的对比，去年的欢欢喜喜和今年的悲悲切切不解自明。

美辞玉屑

正月十五夜

〔唐〕苏味道

火树银花合，星桥铁锁开。
暗尘随马去，明月逐人来。
游伎皆秾李，行歌尽落梅。
金吾不禁夜，玉漏莫相催。

蝶恋花

〔宋〕欧阳修

庭院深深深几许？杨柳堆烟，帘幕无重数。玉勒雕鞍游冶处，楼高不见章台路。

雨横风狂三月暮。门掩黄昏，无计留春住。泪眼问花花不语，乱红飞过秋千去。

欧阳修是宋代文坛的领袖级人物，这首词是他的代表作之一，在当时就蜚声一时，李清照曾经为这首词大做广告。

有证据吗？有。

南宋何士信编《草堂诗余》记载李清照说：

欧阳公作《蝶恋花》，有“深深深几许”之句，予酷爱之。用其语作“庭院深深”数阕，此声即旧《临江仙》也。

李清照说，欧阳公写作《蝶恋花》，其中有“庭院深深深几许”之句，我特别喜爱这一句，并用这一句写过好几首第一句为“庭院深深深几许”的词。这就是我当年作的《临江仙》。

欧阳公《蝶恋花》（庭院深深深几许）一词的著作权曾经有过争议，李清照力排他说，一锤定音，认定这首词是欧阳公所作。后人认为李清照和欧阳修生活的时代接近，多信其说，欧阳公九泉之下当有知音之慰矣。

李清照的《漱玉词》今已失传，《四库全书》收录的《御选历代诗余》第三十八卷有两首以“庭院深深深几许”为首句的《临江仙》，对照上文，应当说李清照此言不虚。

李清照如此嘉许的这首词究竟好在哪里呢？

我们先看看上片前三句：

庭院深深深几许？杨柳堆烟，帘幕无重数。

先看前三句：

雨横风狂三月暮。门掩黄昏，无计留春住。

三月暮春，狂风怒号，暴雨如注，一个弱女子虚掩着屋门，在苍茫暮色中，看着院中的春光一点点消失在狂风暴雨之中，无力挽留。

其实，她要挽留的何止是春天？她要挽留的是自己一点点消失的青春！在这样一个幽深的大院中，她已经度过了太长太长的时间，耗费了太多太多如春光一样明媚的美丽年华。如今春已残，自己也像暴风雨后的残花败柳，鲜艳不再，风光不再。

下片的后两句：

泪眼问花花不语，乱红飞过秋千去。

眼中的泪珠点点滴滴流了下来，一则因为暴风骤雨正在摧残着娇艳之花，二则因为自己如同一朵娇艳的花也被无情之人摧残着，被摧残的人与被摧残的花同病相怜。女主人公想到这儿，泪如雨下，不由自主地发问：我万般无奈，独守空房。卿因何故，竟也在狂风肆虐中飘来飘去？为什么也不能掌握自己的命运？

但是，花已成为落红，只能以“不语”相对。

飘落的“乱红”在急风暴雨中忽而向东，忽而向西。一阵狂风刮过，竟然飘过“秋千”。当年的“秋千”旁，正是恩爱之处，虽然今天这里早已是一段不堪回首的记忆。但是，自己的内心深处，仍然保留着一份不曾被人触摸过的柔软、一掌不曾被人窥视过的甜蜜。

全词以庭院幽深起笔，写到闺中人的哀怨，再写到暮春急雨中的乱红飞舞，最终以无法留住春天收笔。

下面，我们讨论两个问题：

一是李清照为什么对欧阳公《蝶恋花》（庭院深深深几许）如此情有独钟呢？

根本的原因就是李清照对“庭院深深深几许”产生了强烈的共鸣。易安居士，才情超群，但多次体验过孤身孑立的感受，体验过虽非豪宅却“庭院深深深几许”的切肤之痛。这种感情上的共鸣，让她对欧阳修此作大加赞赏，仿此而写作“庭院深深深几许”数阕。

这里涉及的问题很多，最重要的是李清照和赵明诚的关系。赵明诚与李清照有过情投意合、感情与事业交相辉映的蜜月时期；也有过一些因李清照不孕带来的不快——当然，李清照的不孕并非她的过错，但当时人由于对生育的无知将此归咎于李清照；更多的是赵明诚宦游京城，李清照深闺独居的郁闷。

二是对欧阳修的认识。欧阳修是北宋文坛的泰斗，也是当之无愧的文坛盟主。我们最熟悉的是欧阳修的散文，他的《五代史伶官传序》《醉翁亭记》《秋声赋》是“唐宋八大家”中的代表作。他的这首《蝶恋花》（庭院深深深几许）写出了他对独守空闺女子的深深同情和充分理解。我们看他的文章，读他的诗，很难想象到这位“挥毫万字”的“文章太守”，能有如此深的儿女情怀。他不是一个不食人间烟火的神仙，而是一位接地气的词人。在欧阳修的词中，我们认识了一位另类的文忠公。

感谢宋词，为我们打开了一扇看到欧阳公人生精彩的另一面的窗户。

临江仙

〔宋〕李清照

庭院深深深几许？云窗雾阁春迟。为谁憔悴瘦芳姿。夜来清梦好，应是发南枝。

玉瘦檀轻无限恨，南楼羌管休吹。浓香开尽有谁知？暖风迟日也，别到杏花时。

临江仙

〔宋〕李清照

庭院深深深几许？云窗雾阁常扃。柳梢梅萼渐分明。春归秣陵树，人客建安城。

感月吟风多少事，如今老去无成。谁怜憔悴更凋零？灯花空结蕊，离别共伤情。

卜算子·送鲍浩然之浙东

〔宋〕王观

水是眼波横，山是眉峰聚。欲问行人去那边，眉眼盈盈处。

才始送春归，又送君归去。若到江南赶上春，千万和春住。

王观是一位著名的宋词作家，他被后人广泛认知是因为他的一首《卜算子》（水是眼波横）词屡屡被众多选本选入。直至今天，这首词仍入选多部中小学课本。

王观是江苏如皋人，宋仁宗嘉祐二年（1057），王安石担任开封府的考官时，他考中了进士，先后在中央及地方任职。

王观的一生可以说是成于写作，败于写作。

说他成于写作，是因为他写的《扬州赋》得到了宋神宗的欣赏，《扬州芍药谱》更使他荣升翰林。

说他败于写作，相传他曾填了一首描写宫廷生活的《清平乐》，高太后认为这首词亵渎了宋神宗，立即将其撤职。

高太后是谁呢？高太后是英宗朝的皇后，神宗朝的皇太后，哲宗朝的太皇太后。这位高寿的太后，一生横跨英宗、神宗、哲宗三朝。她晚年时，权力很大，成为宋哲宗初年的实际主政者，并全面废除了王安石变法。

王观被贬的真实原因是高太后认为他是王安石派系的人，非要把他排挤出去。

高太后为什么认为他是王安石派系的人呢？如前所言，王观是在王安石任考官时中了进士。

王观很知趣，对当时的政治生态看得也很清楚。从此，他自号

“逐客”，世人也称他为“王逐客”。

他的词学柳永，词集自称《冠柳集》，意为自己的词超过了柳永。王观的词是否超过柳永呢？历史会作出回答。

我们先看看王观这首名作。这首词写得确实非常好，上片四句尤其好：

水是眼波横，山是眉峰聚。欲问行人去那边，眉眼盈盈处。

第一句“水是眼波横”，讲的是眼前波光粼粼的水是鲍浩然心中女子流动的眼波。第二句“山是眉峰聚”，讲的是面前青翠欲滴的山是鲍浩然心中女子因为思念他而紧蹙的眉峰。第三、四句“欲问行人去那边，眉眼盈盈处”。“行人”，古代指使者或者出征的人，这里指友人鲍浩然。这两句说，鲍浩然要去的地方，是他的心上人所住的地方。

为什么“眉眼盈盈处”就是鲍浩然心上人住的地方呢？因为词中的“眉眼盈盈”指的是鲍浩然的心上人的眉眼。“盈盈”形容眼神清澈，在这首词中，指鲍浩然的心上人渴盼鲍浩然早日返家的盈盈泪眼。

这里分别以“水”和“山”比喻女子的眼和眉，反过来我们也可说，这里的“眉眼”指代江南的山水。因此，这两句的另一层意思是，鲍浩然将要去的地方是美丽的江南山水之乡。

这首词的上片写送别友人，由于词人比喻新颖，让人感到耳目一新，送别的伤感反倒很淡了。

下片四句“才始送春归，又送君归去。若到江南赶上春，千万和春住”，是词人对友人鲍浩然的祝福。

刚刚送走春天让人伤怀，今天送走友人又让人伤感。但是，友人能够回到渴盼他归来的心上人的身边，王观很高兴，送别的忧愁亦不值得一提了。

最后两句，语不惊人，但非常感人，为什么这样说呢?

词人认为，这里的春天刚刚离去，鲍浩然将去的江南春天可能还在。如果他有幸赶上了春天，千万不要急于离开，好好与自己的心上人待在春天的怀抱里，享受一下春天的美好。

宋代的“浙东”是浙江东路的简称,这里是江南景色最美的地方。

至于这时的浙东春天是否还在，词人其实并不清楚，因此，才用了“若到”二字，“若到江南”就是假如到了江南，下面又用“赶上”二字相承，“若到江南赶上春”逼出了全词结尾的一句祝福：“千万和春住”。

这是一句最美好的祝福!

“千万”两个字饱含了一腔真诚，读来让人暖意洋洋。

其实，王观将女子的眉、眼与山、水相连的比喻并非独创，但是只要说到这首词，大家都会赞叹前两句的高妙，这是为什么呢?

我们来看看其他文人是如何写女子的眼和眉的。

晋人葛洪的《西京杂记》写汉代卓文君：“文君姣好，眉色如望远山。”后世的文人于是开始用“眉如远山”比喻女子的眉。所谓“远山眉”即发源于此。

白居易的《筝》一诗有“双眸剪秋水，十指剥春葱”两句，这是用秋水赞美女子的眼睛。“秋水”“秋波”澄澈清明，因此后人常形容女子“眼如秋水”。

宋人吕渭老（一作吕滨老）用水波流动写女子的眼神，《水龙吟》（五湖春水茫茫）：“汀花岸草，佳人微笑，眼波横注。”意思是水边的花，岸上的草，女子的微笑，流动的眼波。

汪元亮用山峰写女子蹙眉，《惜分飞·歌楼别客》：“燕子留君君欲去，征马频嘶不住。握手空相觑，泪珠成缕眉峰聚。”这四句的意思是说：燕子留君未能留住，君的坐骑不时嘶鸣。我们只能握手相望，泪珠滚落，眉峰紧蹙。

王观这首词，将“眼波横”和“眉峰聚”两种写法放到一篇作品的相邻两句中，便显得在这阕短小的小令中非常抢眼。这种写法又和友人东归、心上人盼归结合在一起，新颖的比喻赋予思妇的眉眼一种新的意义：“眼波横”“眉峰聚”是友人鲍浩然的心上人企盼情人归来的眉眼。

因为有了这四句，王观这首《卜算子》成为众多词话品评的例证，从宋代至今一直受到读者的喜爱，为各种宋词选本所收录，这在宋词中是非常罕见的。

筝

〔唐〕白居易

云髻飘萧绿，花颜旖旎红。双眸剪秋水，十指剥春葱。

楚艳为门阀，秦声是女工。甲明银玓瓅，柱触玉玲珑。

猿苦啼嫌月，莺娇语泥风。移愁来手底，送恨入弦中。

赵瑟清相似，胡琴闹不同。慢弹回断雁，急奏转飞蓬。

霜佩锵还委，冰泉咽复通。珠联千拍碎，刀截一声终。

倚丽精神定，矜能意态融。歇时情不断，休去思无穷。

灯下青春夜，尊前白首翁。且听应得在，老耳未多聋。

水龙吟

〔宋〕吕渭老

五湖春水茫茫，梦魂夜逐杨花去。汀花岸草，佳人微笑，眼波横注。借问刘郎，心期则甚，一成无据。自春来泪满，挼蓝袖口，没整顿，心情处。

闻道相如病渴，念文君、白头新句。相思两地，无穷烟水，一庭花雾。锦字藏头，织成机上，一时分付。问他年，更有微云淡月，重来兮否。

惜分飞·歌楼别客

〔宋〕汪元量

燕子留君君欲去，征马频嘶不住。握手空相觑，泪珠成缕眉峰聚。

恨入金徽孤凤语，愁得文君更苦。今夜西窗雨，断肠能赋江南句。

蝶恋花

〔宋〕苏轼

花褪残红青杏小。燕子飞时，绿水人家绕。枝上柳绵吹又少，天涯何处无芳草。

墙里秋千墙外道。墙外行人，墙里佳人笑。笑渐不闻声渐悄，多情却被无情恼。

在中国词学史上，苏轼是公认的豪放词派的开创者，而且是豪放词派的大家。他的《江城子·密州出猎》，千年之后读来仍旧让人血脉偾张。一介书生，何来如此豪情？一位太守，竟然有如此壮志。谁说宋代文官掌权是导致宋代军队战斗力低下的重要原因？看看这位太守，打起仗来应当是不要命的主。

豪放词派的开创者这一历史地位，是对苏轼的历史定评。但是，我们不能不承认一个事实：宋词的主体是婉约词。

婉约词风是宋词的主体风格，是体现宋词美学风范的主体风格。即使是豪放词派的开创者苏轼，也不乏婉约词风的传世名作，这首《蝶恋花》（花褪残红青杏小），就是苏词中婉约词风的经典之作。

《蝶恋花》是词牌名，唐教坊曲，又名《鹊踏枝》。双调，六十字，上下片各四仄韵。

上片首句：

花褪残红青杏小。

“残红”是残留的花，特指春天残留的花。“花褪”，写红花褪色。这不仅是从枝上花的多少来写，而且从色彩上写暮春之时，花的颜色都已经褪掉了。“花褪残红”，是百花凋零，落红满地，仅有的一点已经褪色的“残红”，也极不情愿而又无可奈何地飘飘而下——暮春走了。“青杏小”，写初夏时杏尚未成熟，此三字补足残春的意象。

燕子飞时，绿水人家绕。

燕子飞来了，一弯绿水绕着一户人家流淌。春天走了，但是，只要有一双发现美的眼睛，美就不会走，“燕子”“绿水”仍然令人留恋。这首词一开篇就写伤春之情，但是，词人非常懂得张弛，写伤春之景、伤春之情时，度把握得极好。一句“花褪残红青杏小”写伤春，再用两句“燕子飞时，绿水人家绕”写春虽走，但景仍然美得令人释怀。

毕竟到了暮春，不仅“花褪残红”，而且“枝上柳绵吹又少”。柳絮漫天，是春天渐失的前奏。本来就不多的“枝上柳绵”，经风一吹，越来越少。词人尽管极力想冲淡自己的伤春之情，但是仍然止不住对春天逝去的伤感。虽然还有飞来飞去的燕子，还有一弯静静流淌的“绿水”，但是，“落花流水春去也”已无可挽回。“枝上柳绵吹又少”，意味着又一个春天逝去了，人生的又一年过去了。人，再旷达，面对一年年逝去的生命，也不可能无动于衷。

以“柳絮”写景是中国古典诗词的一个传统。

当年，谢安曾经在一场大雪骤然而至时问其侄儿：“白雪纷纷何所似？”漫天飞舞的白雪像什么？他的侄子谢朗随口答道：“撒盐空中差可拟。”就像在空中撒了一把盐。侄女谢道韫应声答道：“未若柳絮因风起。”不如说成是漫天的柳絮迎风飞舞。谢安听后，哈哈大笑。谢道韫是谢安大哥谢无奕的女儿，王凝之的妻子。因为这一段联句被记录在《世说新语》中，广为流传，因此，谢道韫被称为“咏絮才”。

上片末尾一句“天涯何处无芳草”是这首词成为经典的重要原因之一，这一句也成为千古名句，这是苏轼当年未曾想到的。苏轼的本意是说，暮春到了，天涯海角也已是芳草遍地了，强调的是春草已经无处不在。但是，文学作品是有独立生命的，一旦作者将文学作品创作出来，人们对它的解读就具有了无限性，无论作者是否有此意，读者都可以赋予它新的生命、新的解读。

因此，“天涯何处无芳草”一句的另一层意思是，人生大可不必为一时的感情挫折一蹶不振。这种解读反倒成了我们今天理解这句词时最普遍的一种看法，成为我们今天失恋时的自我安慰，或者安慰他人最富有哲理的一句话。

这首词的下片不简单：

> 墙里秋千墙外道。墙外行人，墙里佳人笑。笑渐不闻声渐悄，多情却被无情恼。

在上片写尽伤春之情后，词人调转笔锋，写了一个极富情趣的画面。

一位行人，在一座被高墙围起的大宅外的路上行走，突然高墙内传出一阵银铃般的笑声。细听一下，马上明白，这是正在荡秋千的女子的笑声。隔墙突然传出的笑声令行人遐思无限，不禁心生爱意。可是，行人有意，佳人无情，笑声渐远渐逝，最终什么也听不到了。多情的“墙外行人”，最终被无情的“墙里佳人”惹得一肚子不快。

细想一下，“墙外行人”纯属自作多情，听见“佳人”的笑声就想入非非，不是自作多情是何？“墙里佳人”根本就不知道“墙外”有人，何谈“无情”？

细思一过，下片犯了大忌：语句重复。因为诗词最忌重复，何况在短篇尺幅之中，“墙里”“墙外”，两次重复。可是这种重复，未让人生厌，反而觉得很可爱、很风趣。

还有一个重要问题，这首词的上片写伤春，下片突然插上一段“墙外行人”的犯傻，上、下片有何内在的逻辑联系呢？

其实，上、下片联系紧密，只是让人不易觉察而已。上片的美景不常，和下片的美人不再，都是人生的遗憾。人生永远有缺憾，懂得人生的缺憾是人生的常态。美好的春天终要逝去，生命中邂逅的佳人也终要离去。

关于这首小令，还有个故事，《林下诗谈》记载：

苏轼贬官惠州时，一天，与朝云闲坐聊天。此时，正是霜神青女刚刚来到的初秋，落叶萧萧，引发了苏轼的悲秋之意。于是，苏轼让朝云手持美酒，唱“花褪残红”。朝云歌喉将啭时，忽然泪满衣襟。苏轼赶快问，朝云回答：“奴所不能歌，是‘枝上柳绵吹又少，天涯何处无芳草’也。”苏轼哈哈大笑说：我正在悲秋，你又伤春了。于是，苏轼不再让朝云唱。不久，朝云病逝于惠州。苏轼悲痛万分，终身不再听《蝶恋花》（花褪残红青杏小）这首词。

王朝云是苏轼一生中和他有过交集的三个女人中最懂得苏轼的人，苏轼对朝云一向看重。

《梁溪漫志》记载：

一天，苏轼退朝回府，吃完饭，摸腹徐行。他转过脸问身边的侍女：你们说说这肚子里有什么东西。一位婢女应声而答：都是文章。苏轼大不以为然。又有一人回答：满腹都是见识。苏轼亦不认可。轮到朝云，只听朝云说："学士一肚皮不入时宜。"苏轼捧腹大笑。

王朝云理解苏轼，因此，她懂得《蝶恋花》（花褪残红青杏小）这首词的真正含义。

朝云病逝，苏轼按照朝云的心愿，把她安葬在惠州西湖孤山南麓栖禅寺大圣塔下的松林中。附近寺院的僧人筹款在墓上修了一座亭子，即"六如亭"。亭柱上镌有苏东坡亲自撰写的一副楹联：

不合时宜，惟有朝云能识我；

独弹古调，每逢暮雨倍思卿。

愿朝云永远陪伴着苏东坡。

美辞玉屑

谢太傅寒雪日内集，与儿女讲论文义。俄而雪骤，公欣然曰："白雪纷纷何所似？"兄子胡儿曰："撒盐空中差可拟。"兄女曰："未若柳絮因风起。"公大笑乐。即公大兄无奕女，左将军王凝之妻也。

——〔南朝宋〕刘义庆《世说新语·言语》

子瞻在惠州，与朝云闲坐。时青女初至，落木萧萧，凄然有悲秋之意。命朝云把大白，唱"花褪残红"。朝云歌喉将啭，泪满衣襟。子瞻诘其故，答曰："奴所不能歌，是'枝上柳绵吹又少，天涯何处无芳草’也。”子瞻翻然大笑曰：“是吾政悲秋，而汝又伤春矣。”遂罢。朝云不久抱疾而亡，子瞻终身不复听此词。

——〔宋〕《林下诗谈》

东坡一日退朝，食罢，扪腹徐行，顾谓侍儿曰：“汝辈且道，是中有何物？”一婢遽曰：“都是文章。”坡不以为然。又一人曰：“满腹都是识见。”坡亦未以为当。至朝云，乃曰：“学士一肚皮不入时宜。”坡捧腹大笑。

——〔宋〕费衮《梁溪漫志·侍儿对东坡语》

水龙吟·次韵章质夫杨花词

〔宋〕苏轼

似花还似非花，也无人惜从教坠。抛家傍路，思量却是，无情有思。萦损柔肠，困酣娇眼，欲开还闭。梦随风万里，寻郎去处，又还被、莺呼起。

不恨此花飞尽，恨西园、落红难缀。晓来雨过，遗踪何在，一池萍碎。春色三分，二分尘土，一分流水。细看来，不是杨花，点点是离人泪。

这首词是宋神宗元丰四年（1081）春末夏初苏轼作于黄州的作品。

“次韵”，指和人诗词依其原作用韵的次序写作。“章质夫”，名楶（jié），苏轼的同僚，时任荆湖北路提点刑狱。章楶是北宋名将，在北宋与西夏的战场上屡建奇功。绍圣元年（1094），章楶出兵西夏，收复洪州、宥州等地，取得了宋朝对西夏作战的战略主动权。在宋夏战争中，章楶通过环州之战、平夏之战，智擒敌将，多次大败西夏军队，威震西北，晋封秦国公。

可见，章楶不是平庸之辈。

苏轼被贬黄州时，好友章楶写《水龙吟》一首。苏轼非常喜欢这首词，于是欣然和唱。当时，苏轼刚刚经历“乌台诗案”，出于谨慎，交代章楶勿泄此词。但是章楶读罢该词，大加赞赏，遂传于友，这首名作得以流传。

“杨花”，即柳絮，中国古代诗词中凡写杨花者，均指柳絮，这一点请大家千万记住。

似花还似非花，也无人惜从教坠。

上片开篇两句从写杨花入笔，说杨花既像花，又不是花。说她似花，是因为她和春天的众花一起烘托起了一个万紫千红的春天，她与春天的众花一样，在初春开放，在暮春飘零。说她不是花，是因为她既没有绚丽的色彩引人注目，又没有芬芳的香味令人陶醉。词人从杨花“似花还似非花”的特点入笔，暗写了杨花的色彩、味道。当春天逝去之时，杨花也和众花一样，纷纷扬扬飘落在地，但因为她的色彩、香味都不足以引人注目，因此她的坠落无人怜惜、无人关注。“从教”，即任凭，不管。由于无人关注杨花，她无声无息地开放，无声无息地坠落。词人对杨花的感慨，从开篇两句中已经透出来了。

抛家傍路，思量却是，无情有思。

“抛家”，指杨花离开柳枝，但词人却用“抛家”写杨花离家远行。一个“抛”字，写出了杨花的出行非常坚决。同时，这一句也为下文亦花亦人地写杨花预留了伏笔。“傍路”，指杨花靠着路，似乎对自己离家远行有些犹豫、徘徊。“思量”，仔细想想。“无情”，指杨花舍家而出，看似无情。“有思”，看似无情实是有情，因为杨花离家之时，她有过彷徨犹豫、恋恋不舍。从这三句开始，这首词将写花和写人融为一体了。

苏轼曾有过一封信谈到这首词的创作，说章质夫的“柳花词妙绝，使来者何以措辞？本不敢继作，又思公正柳花飞时远出巡按，坐想四子闭门愁断，故写其意，次韵一首，寄去亦可，勿示人也”（〔宋〕章定《名贤氏族言行类稿》卷二十六》）。可见，章质夫是在柳花飘零时因公务外出，远离自己的四个孩子，所以，苏轼和了这首词，词中写杨花，即是写游宦的章质夫。以花喻人的写法，其实是缘于此。

萦损柔肠，困酣娇眼，欲开还闭。

“萦损”，指因愁思郁结而憔悴。“柔肠”，指柳枝。“困酣”，指因困极而难以睁眼。“娇眼”，喻柳叶。古人认为柳叶初生，像睡眼初开，故称柳眼，此词以娇眼代柳眼。苏轼的这三句，以美人喻柳，因愁思郁结而柔肠寸断，因困极而睡眼蒙眬，欲睁还合。联系前三句写杨花“无情有思”，那么，她思什么呢？应当是思家，思刚刚离开的柳树。纤细的柳条，犹如被离愁折磨的柔肠；娇嫩的柳叶，犹如美人的娇眼。柔软细长的柳条，刚刚绽放的柳叶，都因杨花飞去而备受煎熬。

梦随风万里，寻郎去处，又还被、莺呼起。

接下来的三句，写杨花在梦中万里追寻，似乎在寻找自己的夫婿，但是，夫妻刚刚要相逢，又被黄莺儿的啼声吵醒了自己的美梦。“郎”，这里是指杨花寻觅的亲人。

这几句化用了唐人金昌绪的《春怨》诗：

打起黄莺儿，莫教枝上啼。

啼时惊妾梦，不得到辽西。

这三句拟人化的描写，让读者感到这似乎不是写杨花，而是在写人、写思妇，其实，词人正是用这种高度拟人化的手法写杨花。杨花随风飘舞的过程确实是欲去又回，似去犹返，飞来飞去，这和思妇离家寻找夫婿的情景高度相似。

不恨此花飞尽，恨西园、落红难缀。

下片换头，词人又回到杨花上来。

“不恨”是不用遗憾的意思，其实“不恨”是“恨”，这里是反话正说。不遗憾什么呢？不遗憾杨花飞尽，因为“此花”简单质朴，虽名花却没有花的娇艳。真正令人遗憾的是整个“西园”里的众花尽败，“落红”遍地，难以再缀枝头。“此花飞尽”只是一个信号，“落红难缀”则是整个春天走了，夏日来临。一叶落而知秋，一花尽而春去。

词人通过对杨花的关切，表现了惜花之情，也表现了惜春之情。

晓来雨过，遗踪何在，一池萍碎。

杨花尽了，百花也尽了，但是，词人关注杨花命运的情结并没有尽。“晓来雨过”，写“傍路”的杨花遇到了一夜风雨，早晨起来，词人第一件事是再看看昨天落地的杨花怎么样了。结果令人吃惊，杨花连“遗踪”都不见了，杨花的“遗踪”到哪儿去了呢？只见一池浮萍。古人认为，杨花落水化为浮萍。其实，这是一种误说，但在古代非常流行，苏轼也深信此说。他在《再次韵曾仲锡荔支》诗中“柳花着水万浮萍，荔实周天两岁星”二句后自注说：“柳至易成，飞絮落水中，经宿即为浮萍。”

下面三句是这首词的名句：

春色三分，二分尘土，一分流水。

暮春的春光到了立夏的时候，已零落殆尽，如果将其一分为三的话，那么，二分的众花化为了尘土，一分的杨花变成了浮萍，随着流水逝去。大家特别要注意：“二分”指的是众花，“一分”指的是杨花，因为只有杨花可以入水化为浮萍，“尘土”，指众花落地，“零落成泥碾作尘”。

将“春色”裁为三分，实在是一种奇思妙想，但是，它并非苏轼的独创，宋初词人叶清臣《贺圣朝·留别》（满斟绿醑留君住）

云："三分春色二分愁，更一分风雨。"苏轼的《临江仙》（九十日春都过了）也有"三分春色一分愁"之句。

细看来，不是杨花，点点是离人泪。

细看水中的浮萍，哪里是杨花，星星点点，恰似离人的清泪。这种比喻大胆新颖，令人震撼。

全词最终将杨花、浮萍、离人合为一体，紧扣"杨花词"的题目。

王国维在《人间词话》中说："咏物之词，当以东坡《水龙吟》为最工。"高度肯定了苏轼的这首词。

美辞玉屑

贺圣朝·留别

〔宋〕叶清臣

满斟绿醑留君住，莫匆匆归去。三分春色二分愁，更一分风雨。

花开花谢，都来几许？且高歌休诉。不知来岁牡丹时，再相逢何处？

临江仙

〔宋〕苏轼

熙宁九年四月一日，同成伯、公谨辈赏藏春馆残花，密州郡家园也。

九十日春都过了，贪忙何处追游。三分春色一分愁。雨翻榆荚阵，风转柳花球。

阆苑先生须自责，蟠桃动是千秋。不知人世苦厌求。东皇不拘束，肯为使君留。

水调歌头

〔宋〕苏轼

丙辰中秋，欢饮达旦，大醉，作此篇。兼怀子由。

明月几时有？把酒问青天。不知天上宫阙，今夕是何年。我欲乘风归去，又恐琼楼玉宇，高处不胜寒。起舞弄清影，何似在人间。

转朱阁，低绮户，照无眠。不应有恨，何事长向别时圆？人有悲欢离合，月有阴晴圆缺，此事古难全。但愿人长久，千里共婵娟。

中秋，是中国人心中最重要的节日之一。歌咏中秋的诗词，宋人胡仔《苕溪渔隐丛话》有一段经典评论：“中秋词，自东坡《水调歌头》一出，余词尽废。”这等于说，苏轼这首中秋词为“中秋第一词”。

虽然此评说有些绝对，但是，在中国历代咏中秋的诗词中，苏轼的《水调歌头》（明月几时有）的确是旷世之作，的确有其独到之处。

这首词前有一小序，交代了写作时间和写作缘由。时间是“丙辰中秋”，即北宋熙宁九年（1076）中秋。此时苏轼在山东密州知州任上。此前，苏轼因与王安石政见不同，至杭州担任了三年杭州通判，熙宁七年（1074）调任密州知州。这时的苏轼虽然仕途不畅，但尚未遭逢大劫。而三年后（1079），他就因“乌台诗案”被捕入京。此后厄运连连，直至下世。此时，苏轼虽在地方官任上，但是，处境宽松，他的心境比较平和。“欢饮达旦，大醉，作此篇，兼怀子由”，正是这一时期内心真实情感的写照。“欢饮达旦”，通宵饮酒。“兼怀子由”，“子由”，苏辙的字。可见，这是一首中秋怀人词。

我们常说苏轼一生，一重亲情，二重友情。苏轼和弟弟苏辙的感情一向深笃，写下这篇著名的中秋词，和他对弟弟的深情密不可分。

苏轼到达密州后，看中了当年为修筑密州而在北城遗留下的两个高台。其中的西台经过修整后，成为苏轼会客、饮酒、游乐的场所，苏轼的弟弟苏辙为此台取名“超然台”，取自《老子》的两句名言：“虽有荣观，燕处超然。”意思是超脱尘世，乐天知命。

苏轼这首著名的中秋词，即是在超然台上写作的。

明月几时有？把酒问青天。

这首中秋词开篇即问：明月几时才有？李白曾有《把酒问月》诗，开篇两句为“青天有月来几时？我今停杯一问之”，因此品读苏轼这首中秋词者，大都认为上片起首二句源自李白。这种理解可能正确，亦可能不正确。当然，即使苏轼当年没有这种想法，今人也可以这样解读。其实，面对中秋明月，产生同样的问月想法，是很正常的事。李白可以问月，苏轼也可以问月。李白问月，是问“人攀明月不可得，月行却与人相随”。人要登月是不可能的，但是，月却可以人至月随。苏轼问月，是问“不知天上宫阙，今夕是何年”。正因为人不可能登月，才会问天上的月宫，今晚是月宫哪一年。有人说，苏轼此问含有询问朝中情况如何之意，我认为：当此明月之夜，以苏轼此夜对兄弟的思念情深，恐怕不会在意朝中如何如何的。

李白问月的目的是感叹“今人不见古时月，今月曾经照古人”的伤逝，苏轼问月的目的是自己要乘风登月，“我欲乘风归去”。苏轼的“乘风归去”，是因为当时“风”是他能想到的唯一可以将他送上月宫的工具。最值得玩味的是“归”字。苏轼不是登月，而是“归”月。“登”与“归”的区别在于登月是到一个不属于自己的地方，归月是回到属于自己的地方。因此，登月者是人，归月者为仙。可见，苏轼这里是把自己当成仙人了。人说李白是谪仙，其实，苏轼何尝不是谪仙呢？而且，他自己也认为自己是谪仙，不然，何来“归去”之说呢？

但是，这仅仅是一念之想，随即被苏轼自己否定了。月宫虽然遥看有“琼楼玉宇”，华美壮观，但他“又恐琼楼玉宇，高处不胜寒”。乘风归月，只是一闪之念。

即使独自一人，在月光下“起舞弄清影”，也绝对胜过在清冷的天上宫阙，因此，才有“何似在人间”之句。天宫再美，哪有人间的妙趣？“起舞”是翩翩起舞，“弄”的本义是玩，这里指起舞。“清影”指自己的身影。

词人的这一连串转折，连接巧妙。先是“我欲”，接下来是“又恐”，最后是“何似”。

为什么月宫不如人间呢？

因为人间有他值得留恋的人，是谁呢？请看这首词的下片：

转朱阁，低绮户，照无眠。

“朱阁”是华美的楼阁。“绮户”是雕花的窗子。一“转”一“低”，写出了月亮的移动，月光在“朱阁”上转动，在“绮户”上游走。其实，这六个字，明写的是月，暗写的是人。谁在看着月光一点点地在门窗上游走转动呢？是人，是“无眠”的人。月光不仅照着门窗，也照着不眠之人。中秋之夜，不眠之人，不仅有自己，还有天下所有因分离而无法入眠的人。

品读至此，我们需要提及一篇重要文章，即苏轼的弟弟苏辙所写的《超然台赋序》。这篇序文中有一段话：

子瞻既通守余杭，三年不得代。以辙之在济南也，求为东州守。既得请高密。

苏轼做了三年杭州通判，当时苏辙在济南。为了兄弟之间便于来往，苏轼要求北上为官，最终得以担任密州太守。这样的兄弟情谊，对我们品读这首中秋词非常重要。中秋之夜的不眠，“我欲乘风归去”、最终还是“何似在人间”，这一切，都缘于兄弟情深。

不应有恨，何事长向别时圆？

这是词人在本词之中的第二次问月。月亮不应当有什么怨恨了，为什么偏偏在离人伤别之时，以皎洁明亮的月光照着离人？为什么以月圆引发天下离人的无法团圆之苦？以无理之问，表达有理之情。这是苏轼由自己和弟弟苏辙的别离推至全天下所有忍受着离别之恨的人对中秋夜月的发问。

最后，逼出了这首中秋名词最为人们所传诵的结尾：

人有悲欢离合，月有阴晴圆缺，此事古难全。但愿人长久，千里共婵娟。

词人在质问明月的同时，也给予明月充分的理解：“人有悲欢离合，月有阴晴圆缺。”人间有人间的不幸和哀怨，人间有人间的别离之苦。月，有月圆，也有月缺，不可能永远那么完美。这是自古至今都难以解决的难题。

因此，苏轼在此祝福天下所有的离别之人，“但愿人长久，千里共婵娟”。人们可以忍受离别，但是一定要保重自己，即使相隔千里，也要为未来的重逢做好准备。“婵娟”，此指明月。只要朋友们能够健健康康，大家可以通过共赏明月寄托彼此之间的思念，便是“海内存知己，天涯若比邻”了。

苏轼这首中秋词，突破了历史上所有中秋词写团圆之夜不能团圆的痛苦的窠臼。由一己之痛苦，推及天下人之痛苦，并由衷地希望天下所有因别离而痛苦的人都能摆脱痛苦，这是对普天之下所有正在经历别离之苦者的祝福。这种博大的胸怀，这种大爱，是此前在中秋夜抒写个人别离之苦的人所望尘莫及的。正因为如此，这首中秋词能在众多诗词中脱颖而出，成为咏中秋的经典，并一直传诵至今。

美辞玉屑

和鲁人孔周翰题诗二首

〔宋〕苏轼

孔周翰尝为仙源令，中秋夜以事留于东武官舍中。时陈君宗古、任君建中皆在郡。其后十七年中秋，周翰持节过郡，而二君已亡，感时怀旧，留诗于壁。又其后五年中秋，轼与客饮于超然台上，闻周翰乞此郡。客有诵其诗者，乃次其韵二篇，以为他日一笑。

坏壁题诗已五年，故人风物两依然。
定知来岁中秋月，又照先生枕曲眠。

更邀明月说明年，记取孤吟孟浩然。
此去宦游如传舍，拣枝惊鹊几时眠。

江城子·乙卯正月二十日夜记梦

〔宋〕苏轼

十年生死两茫茫，不思量，自难忘。千里孤坟，无处话凄凉。纵使相逢应不识，尘满面，鬓如霜。

夜来幽梦忽还乡，小轩窗，正梳妆。相顾无言，惟有泪千行。料得年年肠断处，明月夜，短松冈。

苏轼的一生经历过三个女人，第一位是王弗，生有一子苏迈；第二位是王弗的堂妹王润之，生有二子苏迨和苏过；第三位是侍妾王朝云，生有一子苏遁，不到一岁即去世。这三位女子，性格各异，王弗敏静，王润之持家，王朝云侠义。

王弗是苏轼的结发之妻，四川眉州青神乡贡进士王方之女。“生十有六岁，而归于轼。”年仅二十七即去世，苏轼一直对其难以忘怀，写《江城子》（十年生死两茫茫）悼念之。

这首悼亡词非常有名，也是今人最熟知的苏词之一。

这首词分为上、下两片。在抒情方式上，上片和下片相差很大。

上片以直接抒情的方式，尽情流露了自己对亡妻王弗的思念之情。

前三句“十年生死两茫茫，不思量，自难忘”，写十年来我们人鬼殊途，即使我不刻意思念，也是难以相忘。

“十年”两字写相别时间之长，“生死”两字写出与亡妻的相别不是人世间的分别，而是永别。人世间的分别，无论是必然还是偶然，往往有再聚首的可能，即使不能聚首，还可以通过各种途径了解对方的情况。阴阳两隔的生死之别，却是永无相见之日的永诀，是双方都再无法知道对方情况的相别。“茫茫”二字，意思是模糊不清，它准确地揭示了别后一无所知的状况。

这种别离，苏轼自己说，想都不用想，终生都难以忘怀。所以叫“不思量，自难忘”。

苏轼十八岁时与十六岁的王弗喜结连理，王弗年轻貌美、温顺贤惠，夫妻俩琴瑟和鸣、伉俪情深。可惜，王弗竟然在二十七岁时一病不起，撒手人寰，留下六岁的儿子苏迈。她和苏轼相处了十一年。

熙宁八年（1075）乙卯，苏轼到密州任知州，正月二十日晚，梦见了亡妻，于是写下了这首词。

接下来的两句，“千里孤坟，无处话凄凉”，写我们不但阴阳两隔，而且你的坟茔孤零零地立在千里之外，连叙说别后凄凉的机会都没有了。

当年，王弗病逝于京城，一年后归葬四川眉州故里。苏轼写作这首词时正在密州（今山东诸城）任职，两地相距遥远，诗人用“千里孤坟”极言相距遥遥。

“无处话凄凉”五个字，如果仔细品味一下，说得很无理。据苏词所讲，因为相隔千里，路途遥遥，所以无法再叙别后的凄凉。但是，词人在这里有意忽略了人鬼殊途、阴阳两隔的现实。如果真是坟茔在即，就可以不顾阴阳、人鬼之隔而互吐衷肠了吗？当然不可能。词人的痴语，其实是情语，这是以无理写出了情深。

上片最后三句，“纵使相逢应不识，尘满面，鬓如霜”，写即使我们两人今天还有机会相见，但是，你也不会认出我了，因为我已经尘土满面，两鬓如霜。

王弗走时，苏轼才二十九岁，十年后，也只有三十九岁。四十多岁的人体魄尚且强健，何况写作这首词时苏轼尚不足四十，还写出了豪气冲天的《江城子·密州出猎》（老夫聊发少年狂），可见其身康体健。词人以“尘满面，鬓如霜”来自写，是强调这十年过得真不容易。虽然，家中已有王润之在打理，但是，宦海沉浮，仕途坎坷，自己心力交瘁，容颜苍老。“尘满面，鬓如霜”虽然说得有些夸张，但是十年沧桑，岁月如刀，时光的痕迹已刻在苏轼的脸上了。

苏轼写有《亡妻王氏墓志铭》，这篇文章收入了《苏轼全集》。苏轼与王弗共同生活了十一年，经历的事太多了，但是《亡妻王氏墓志铭》中只记载了王弗生前的几件事，写入其中的应当是苏轼最难忘怀的事。其中，苏轼用相当大的篇幅记载了王弗对丈夫与人交往的关心。比如有客人来访，王弗常常站于屏风后听苏轼与客人的谈话，客人走后，她把自己对客人的看法如实地告知苏轼，后来的事实证明，王弗对人的观察非常准确，苏轼对此非常佩服：

> 轼与客言于外，君立屏间听之，退必反覆其言曰：“某人也，言辄持两端，惟子意之所向，子何用与是人言。”有来求与轼亲厚甚者，君曰：“恐不能久。其与人锐，其去人必速。”已而果然。

其实这种观察能力是一种天赋，但对性格直率的苏轼大有裨益。

苏轼将这一点写入王弗的墓志铭中，应当和他此后十年官场上与人相处的种种不顺息息相关。如果王弗在世，至少可以成为苏轼的贤内助，可以帮助他知人识人，一定程度上避免因为性格耿直而冒犯某些人。

下片换头的五句，完全改变了上片直接抒情的方式，以梦境表达自己对王弗的思念：

夜来幽梦忽还乡，小轩窗，正梳妆。相顾无言，惟有泪千行。

这五句写昨晚在清冷的梦境中，我突然还乡了，你正端坐在小窗前梳洗打扮。十年不见，相见之时，纵有千言万语，竟然一句也说不出，只有泪眼相望，涕泪千行。正所谓：

君泪盈，妾泪盈，百年同好未完成。

这种写法太别致了！词人以梦境写相思，写出了王弗的美丽，写出了夫妻之间的情深意笃，特别是写出了“执手相看泪眼，竟无语凝噎”的场面，令人感慨万千。既然在现实中永无相见之日，那就只有在梦境中一睹芳容了。

料得年年肠断处，明月夜，短松冈。

想来，让我年年肝肠寸断的地方，就是明月照着的长着一片小松树的山冈。

王弗去世时，苏轼依父亲苏洵言“于汝母坟茔旁葬之”，并在王弗迁墓与苏母合葬时所写的墓志铭中哀叹说：“君得从先夫人于九原，余不能。呜呼哀哉！余永无所依怙。君虽没，其有与为妇何伤乎？呜呼哀哉！”

那片长着小松树的山冈，不仅仅是王弗香魂所在，也是苏轼对其妻深情的所在，可是，松林黄土的冷寂终究打破了温馨而凄楚的梦境，重新跌回现实后，只有那个年年让人伤逝的忌日，只有那片明月夜凄清幽独的松林、山冈。

美辞玉屑

治平二年五月丁亥，赵郡苏轼之妻王氏，卒于京师。六月甲午，殡于京城之西。其明年六月壬午，葬于眉之东北彭山县安镇乡可龙里先君先夫人墓之西北八步。轼铭其墓曰：

君讳弗，眉之青神人，乡贡进士方之女。生十有六年，而归于轼。有子迈。君之未嫁，事父母，既嫁，事吾先君、先夫人，皆以谨肃闻。其始，未尝自言其知书也。见轼读书，则终日不去，亦不知其能通也。其后轼有所忘，君辄能记之。问其他书，则皆略知之。由是始知其敏而静也。……其死也，盖年二十有七而已。始死，先君命轼曰："妇从汝于艰难，不可忘也。他日汝必葬诸其姑之侧。"未期年而先君没，轼谨以遗令葬之，铭曰：

君得从先夫人于九原，余不能。呜呼哀哉！余永无所依怙。君虽没，其有与为妇何伤乎？呜呼哀哉！

——〔宋〕苏轼《亡妻王氏墓志铭》

南歌子·游赏

〔宋〕苏轼

山与歌眉敛，波同醉眼流。游人都上十三楼。不羡竹西歌吹古扬州。

菰黍连昌歜（zǎn），琼彝倒玉舟。谁家水调唱歌头。声绕碧山飞去晚云留。

这首端午词写于元祐五年（1090）的端午节，此时苏轼任杭州知州。

西湖是一个三面环山的淡水湖，周围的群山属于天目山余脉。西湖之美，首先在水，其次在连绵不绝的群山。有水无山，有山无水，皆为遗憾。西湖的胜景便在于山水相连，相得益彰。

苏轼是一位非常熟悉西湖、懂得西湖的诗人，何以见得呢？他曾写过一首描写西湖的名作《饮湖上·初晴后雨二首》（其二）：

水光潋滟晴方好，山色空蒙雨亦奇。

欲把西湖比西子，淡妆浓抹总相宜。

这首诗，第一句写水，第二句写山，同时兼顾了西湖的山和水。在这首久负盛名的诗篇中，“水光潋艳”和“山色空蒙”是平分秋色的。因苏轼这首名诗，西湖获得了“西子湖”这一别名、美名。

而苏轼这首端午词的中心是西湖名胜“十三楼”，但是，词人并未从“十三楼”入笔，而是从环绕西湖的群山和人们盛赞的西湖之水入笔，把“十三楼”置于这样一个群山环绕、湖水荡漾的大背景下来写，一下子将其地位凸显出来了。

词人怎么写西湖的山水呢？应当说颇费了一番心思，他把西湖的山水与歌女作了一个巧妙的比较。上片第一句“山与歌眉敛”，这里的“山”，即西湖周围的群山，“敛”，聚。什么东西在聚呢？

“歌眉”，歌女的眉峰聚在了一起。第二句“波同醉眼流”，“波”，指西湖的水波，“流”，指眼波流动，“醉眼”，指歌女醉意微浓的眼波。这两句说，西湖周边聚集的山峰，如同歌女颦蹙的眉峰。西湖波光潋滟的水波，犹如歌女流转的眼波。

读苏词的这两句，马上让人联想到的是王观的《卜算子·送鲍浩然之浙东》：

水是眼波横，山是眉峰聚。欲问行人去那边，眉眼盈盈处。

才始送春归，又送君归去。若到江南赶上春，千万和春住。

王观这首词，将“水”和女子的“眼波”相比，把“山”和女子的“眉峰”相比，和苏轼这首词的写法非常一致。

这首词的第三句“游人都上十三楼”，写端午这一天，杭州万人空巷，齐聚西湖“十三楼”，点明了本词的主体景观是杭州西湖的“十三楼”。“十三楼”，指“十三间楼”，这里是指杭州胜景之一的相严院。“十三楼”因为苏轼这首词，成为宋代的杭州名胜。

为了突出“十三楼”的地位，苏轼特意在这一句的下面用了“不羡竹西歌吹古扬州”一句，作为这首词上片的结句。

“竹西”，竹西寺，原名禅智寺，为隋之故宫，是扬州最著名的景点。在中国古代典籍中提到“竹西”一词的最著名的诗，当属晚唐杜牧的《题扬州禅智寺》：

雨过一蝉噪，飘萧松桂秋。

青苔满阶砌，白鸟故迟留。
暮霭生深树，斜阳下小楼。
谁知竹西路，歌吹是扬州。

一场秋雨过后，只有蝉还在聒噪。风中飘过的松树、桂树的味道带来了阵阵秋意。寺内的台阶长满青苔，只有白鸟还在徘徊，似乎迟迟不愿离去。寺内深密的树中泛起一股暮霭，夕阳已落至寺内小楼之下。扬州城内，歌吹阵阵，繁华似锦，谁还知道扬州还有这么一个幽静的竹西寺。

苏轼在这首词里，借用杜牧《题扬州禅智寺》中“谁知竹西路，歌吹是扬州”二句，将其解读为杜牧在盛赞“扬州”“竹西”的“歌吹”繁华，如果将其和杭州西湖的“十三楼”对比，不值得人们再艳羡了。词人在“竹西歌吹古扬州”之前，冠以“不羡”二字，意思是，不必羡慕在“竹西”禅智寺可以听到“歌吹”之声的“古扬州”，因为杭州有“十三楼”，其繁华程度远远胜过了扬州。

下片换头“菰黍连昌歜，琼彝倒玉舟”二句，写游人在“十三楼”盛宴过节。“菰”，多年生草本植物，生长在池沼里。“菰黍”，指菰米，这首词中的“菰黍”，指用菰米制成的粽子，是端午节的典型食品。“昌歜”，菖蒲根的腌制品，据说周文王特别喜欢吃这种食品。

“琼彝倒玉舟”这一句中的“琼彝”和“玉舟”，均指美玉制成的酒杯。“倒”，指将美酒倒入酒杯。

“菰黍连昌歜，琼彝倒玉舟”两句合起来，写端午之时，杭州游人吃着粽子，喝着美酒。但是，似乎还缺了一样东西，缺什么呢？

缺音乐。

下片结尾的“谁家水调唱歌头。声绕碧山飞去晚云留”二句，写出了端午的音乐。“谁家”二字，写正在饮着美酒、吃着粽子的游人，忽然听到了美妙的《水调歌头》，但却不知道是谁家传出的仙乐。“声绕碧山飞去晚云留”，美妙的音乐，环绕碧山，晚云似乎也沉醉其中，驻足聆听，忘了飘动。

这两句化用了杜牧《扬州三首》（其一）中“谁家唱水调，明月满扬州”的诗句。

全词在美妙的歌声中收结。

美辞玉屑

扬州三首（其一）

〔唐〕杜牧

炀帝雷塘土，迷藏有旧楼。
谁家唱水调，明月满扬州。
骏马宜闲出，千金好暗游。
喧阗醉年少，半脱紫茸裘。

满庭芳

〔宋〕秦观

山抹微云，天连衰草，画角声断谯门。暂停征棹，聊共引离尊。多少蓬莱旧事，空回首，烟霭纷纷。斜阳外，寒鸦数点，流水绕孤村。

销魂。当此际，香囊暗解，罗带轻分。谩赢得青楼，薄幸名存。此去何时见也，襟袖上，空惹啼痕。伤情处，高城望断，灯火已黄昏。

秦观，字太虚，又字少游，世称“淮海先生”。秦观是“苏门四学士”（黄庭坚、秦观、晁补之、张耒）之一，是北宋婉约词派的代表作家。我们来看看他的这首《满庭芳》（山抹微云）。

先看词牌，《满庭芳》又名《锁阳台》《满庭霜》《潇湘夜雨》《话桐乡》《满庭花》等。《清真集》将它归入“中吕调”。双调九十五字，上片四个平声韵，下片五个平声韵。过片二字，也有下连为五言句。另有仄韵词，仄韵者在《乐府雅词》中名为《转调满庭芳》。

先看上片前三句“山抹微云，天连衰草，画角声断谯门”。“山抹微云”四字，实际是写远山为烟云所蔽。但是，秦观以画笔入词，用了一个“抹”字。“抹”，是用一种颜色抹在另一种颜色上，遮蔽住了另一种颜色。这里是秋云遮住了远山，看起来，好像是一抹秋云抹在了远山之上。宋词一大特色是讲究炼字。往往一字之妙，顿生无穷意象。本句中的“抹”字即为宋词中的千古经典。

第二句“天连衰草”。“衰草”，暮秋之草。词人用了一个“连”字，写“衰草”无边无际，远接天边，满眼秋色写得淋漓尽致。

开篇这两个对句，其实都是极目远眺之景。前一句写远山被云雾遮得暮蔼沉沉，后一句写天边和秋草连为一体，秋气的肃杀令人生畏。

这两个对句，用词工整精当。尤其是“山抹微云”，更是流传极广。

据清人吴景旭《历代诗话》记载，秦观的“山抹微云，天连衰草”两句，备受苏轼赏识。因此，苏轼戏称秦观为“山抹微云君”，又戏言“山抹微云秦学士，露花倒影柳屯田”。宋代著名史学家司马光撰写《资治通鉴》的重要助手范祖禹之子范元实是秦观的女婿。一次，范元实参加歌舞宴会，整个宴会一直没有说话。一位歌妓忍不住问了一句：您，懂词曲吗？言外之意是你是否不懂词曲。范元实没有正面回答，笑了笑说：我是“山抹微云君”的女婿。下面没再记载，可以想见，仅此一句表明身份的话，便让那位歌妓羞愧满面了。能写“山抹微云”的秦观是何人？他选定的女婿会不懂词曲？这至少说明，当时的歌妓恐怕人人会唱秦少游的词曲，因此，只要亮明自已是“山抹微云君”的女婿，人人都会对其刮目相看。

这一句如此有名，其实全在于秦观的创造性，着一“抹”字，顿生新意。同时我们也可以看出，宋代是一个极为看重词的时代，一个作家，只要能有一首词、一句词，甚至是词中一个字写得好，也会受到整个社会的推崇。在这样一个时代，在这样一种社会风气之下，产生中国文学史上这个极为重要的文学品种——词就是历史的必然了。

“画角声断谯门”，“画角”是号角的美称，指城楼上报时的号角声。古时，每天傍晚之时，城楼吹响角声报时。“谯门”，原指有瞭望楼的城门，这里就是城门。“声断”，声尽。暮秋傍晚，城楼上的画角声已停了。此句写时间，说明时间不早了。

时间不早，应该开船了，但是，“暂停征棹，聊共引离尊”。

“棹”，划船用的撑杆。“暂停征棹”，让即将离岸的舟船暂停开船。为什么在深秋暮色之下还不马上离去呢？“聊共引离尊”五字点出了原因。“尊”，酒杯。“离尊”，离别之酒。“共引”，和离人相别，共举酒杯。

词人有离别之酒未饮，有离别之情未抒，才会在该离开之时未及时开船。“多少蓬莱旧事，空回首，烟霭纷纷”三句写得极为含蓄，但是我们可以猜得出，这一定是男女相别，而且是和昔日的恋人相别。因此，才用了“蓬莱旧事”四字，显得迷迷蒙蒙。“蓬莱”，传说中的海上仙山，“蓬莱旧事”，恍如仙境中的往事。一个“多少”，更让人浮想联翩，多少往事，如烟如雾。“空回首，烟霭纷纷”，“空回首”之“空”，正在于告诫自己，这一切都已经成为过眼烟云。

“斜阳外，寒鸦数点，流水绕孤村。”上片的最后三句，以景结情，含蓄蕴藉。前面的“画角声”已点出时值傍晚，这里更用“斜阳”进一步点明时间。“寒鸦”，深秋之鸦。“数点”，几只寒鸦，一湾流水绕孤村。这一切，让人觉得似曾相识。一如马致远《天净沙·秋思》中“枯藤老树昏鸦，小桥流水人家，古道西风瘦马。夕阳西下，断肠人在天涯”的意象组合。词人正是通过这一组意象，将自己的离别之情用一组镜头展现出来，用景中之情代替自己的直接抒情。

下片，“销魂。当此际，香囊暗解，罗带轻分”。“销魂”，黯然销魂，一如江淹《别赋》开篇“黯然销魂者，唯别而已矣”。只是，秦观写得极为含蓄，非熟读江淹《别赋》者，不能解此句中深意。“香囊”，香袋。“暗解”，悄悄解下。解下干什么呢？赠人，其实就是赠己。“罗带”，丝织的腰带。古代年轻男女定情时，往往用丝绸带（腰带）打成一个心形的花结，叫作“同心结”，赠予对方，代表同心相结，永不相分。“香囊暗解”的是恋人，“罗带轻分”的是自己。互赠情物，别情更加难堪。

上片写离情，词人写得若有若无，下片用轻解香囊，明赠罗带，直接写出了别情无限。

“谩赢得青楼，薄幸名存。”暗用了唐人杜牧《遣怀》诗“十年一觉扬州梦，赢得青楼薄幸名”，写自己辜负了青楼女子的一片深情。“谩”，欺骗，此为辜负之义。有负多情女子，落了个和当年杜牧一样的薄幸之名。

这首词的特点是越写越显，越写越明。开篇之际，我们根本不知道词人“山抹微云，天连衰草”要写什么。上片结尾，才隐隐让人感到此中大有隐情。下片从“销魂”开始，越写越清楚。至“谩赢得青楼，薄幸名存”，已经完全可以看出，这是一首别离之词，是和自己旧日的恋人相别，而且此行或许就是永别。因此，才有“此去何时见也，襟袖上，空惹啼痕”。这一去，恐无再见之日，径直用“此去何时见也”点明。“襟袖上，空惹啼痕”，写出了多情女子的伤感和无奈，写出了多情词人的惭愧和内疚。

下片的结尾，再次以景结情。“伤情处，高城望断，灯火已黄昏。”正在自感伤心、伤情无已之时，远见城楼上灯火已明，黄昏已尽。伤感、无奈、羞愧、离愁……一切复杂的感情，尽寄寓在这幅永远难以忘怀的夜别图中。

有趣的是，秦观的“山抹微云，天连衰草”两句虽为苏轼所称，但苏轼却并不喜欢这首词。据《高斋词话》记载，秦观从会稽到京城拜见苏轼。苏轼说：我本以为你的词会有长进，没想到竟学起柳七了。秦观急忙辩解道：我虽无才，也不至于向柳永学词吧。苏轼说："销魂，当此际"，这不是柳永的作派吗？秦观拿出新作请苏轼过目："小楼连苑横空，下窥绣毂雕鞍骤。"苏轼看罢说：十三个字，只写一个人骑马从楼前过，语多而意少。遂拿出自己的新作，有"燕子楼空，佳人何在，空锁楼中燕"三句，同是十三个字，却讲了燕子楼的一段故事。秦观叹为观止。

美辞玉屑

少游蓬莱阁席上赋长短句，首言"山抹微云，天粘衰草"。极为东坡所称，呼之为"山抹微云君"。又尝戏云："山抹微云秦学士，露花倒影柳屯田。"故范元实，为少游婿，作《诗眼》一卷。尝在歌舞之席，终日不言。妓有问之曰："公亦解辞曲否？"笑答曰："吾乃山抹微云女婿也。"

——〔清〕吴景旭《历代诗话》卷六十五

少游自会稽入都见东坡，东坡曰："不意别后公却学柳七作词。"少游曰："某虽无学，亦不如是。"东坡曰："'销魂，当此际'，非柳七语乎？"坡又问别作何词，少游举"小楼连苑横空，下窥绣毂雕鞍骤"。东坡曰："十三个字，只说得一个人骑马楼前过。"少游问公近作，乃举"燕子楼空，佳人何在，空锁楼中燕"。晁无咎曰："只三句，便说尽张建封事。"

——〔清〕沈辰垣等《御选历代诗余》卷一百十五

鹊桥仙

〔宋〕秦观

纤云弄巧，飞星传恨，银汉迢迢暗度。
金风玉露一相逢，便胜却人间无数。
柔情似水，佳期如梦，忍顾鹊桥归路。
两情若是久长时，又岂在朝朝暮暮。

“牛郎织女”是中国古代的“四大爱情”故事之一，而且是中国古代传诵久远的爱情故事。

《诗经·小雅·大东》中已写到牵牛、织女二星，但是，并没有写牛郎、织女之间的故事。曹植的《洛神赋》和《九咏》中，牛郎与织女终于成了夫妇。宋胡仔《苕溪渔隐丛话后集》卷七载：“曹植《九咏》曰：‘乘回风兮浮汉渚，目牵牛兮眺织女。交有际兮会有期，嗟吾子兮来不时。’注云：‘牵牛为夫，织女为妇，各处河之傍，七月七日，得一会同。’”这是我们今天能够看到的有关牛郎、织女故事最明确的记载。虽然它产生于东汉末年，和《古诗十九首》的产生年代相距不远，但是，终究比《古诗十九首》晚了一些。

东汉时期的《古诗十九首》中出现了《迢迢牵牛星》一诗，这首诗专写牛郎、织女的故事。它是我们今天看到的中国最早歌咏牛郎、织女的五言诗，也是最早歌咏七夕的诗：

迢迢牵牛星，皎皎河汉女。
纤纤擢素手，札札弄机杼。
终日不成章，泣涕零如雨。
河汉清且浅，相去复几许。
盈盈一水间，脉脉不得语。

前二句点出牵牛星、织女星，实际是写牛郎和织女。“迢迢”，遥远。“皎皎”，明亮。“河汉女”，织女。为了和上句的“牵牛星”不重复，因此未再用织女星。有人说这两句是互文，从内容上看，讲成互文尚不大准确，因为用“皎皎”形容织女非常恰当，如果用“皎皎”写牵牛星，终让人感觉不妥帖。

“纤纤擢素手，札札弄机杼。终日不成章，泣涕零如雨。”这四句专写织女。“纤纤”，纤巧的双手。“擢”，抽引，指上下摆动。“素手”，洁白的手，多写女性。“札札”，象声词，形容织布机声。“弄”，玩，此指操作。“章”，花纹，此指织锦。织女灵巧的双手不停地上下摆动，机声隆隆，但是，耗时整天，也没有织出五彩的锦云，因为织女一直泣涕涟涟，泪如雨下。

这四句专写织女内心的痛苦。“泣涕零如雨”是直接描写，“终日不成章”是间接描写。直接和间接相结合，将织女承受的痛苦淋漓尽致地表达出来。

最后四句，“河汉清且浅，相去复几许。盈盈一水间，脉脉不得语”。“河汉”，银河。“盈盈”，清澈晶莹，形容银河的水。“脉脉”，满含深情却又含蓄不语。

这四句是诗的不解之问。看起来，银河是既清又浅，相去能有多远？但是，清澈晶莹的河水，竟然阻隔了一对恩爱夫妻的相聚相伴。二人只能隔河相望，情意绵绵，却脉脉无语。

这首诗收在梁代萧统的《文选》里，为《古诗十九首》中的一首。《古诗十九首》的作者都不可考，因此称其为“古诗”。《古诗十九首》出现的年代应当是东汉，是汉乐府五言民歌出现后东

纖雲弄巧飛星傳恨
銀漢迢迢暗渡金風
玉露一相逢便勝卻
人間無數柔情似水
佳期如夢忍顧鵲橋
歸路兩情若是久長時
又豈在朝朝暮暮
秦觀鵲橋僊洛陽寫樹

汉文人学习五言诗的成果。萧统在编辑《文选》时，将其中最优秀的十九篇收录在一起，取名为《古诗十九首》。《迢迢牵牛星》的得名，是因为该诗首句为“迢迢牵牛星”。《古诗十九首》原诗皆无诗名，人们习惯用其首句为诗名，并非概括全诗的主旨。

秦观的《鹊桥仙》（纤云弄巧）也是一首描写牛郎、织女故事的词作，堪称中国古代七夕诗词中最具个性的一首。

上片首句，“纤云弄巧”。“纤云”，是织女纤纤玉手织成的朵朵巧夺天工的云。“弄”，玩，这里指精心织成。虽只短短四个字，却写出了织女的灵心巧手。写织女的灵心巧手并不是词人的目的，词人实际要通过织女的灵心巧手写织女本人。这一角度极为巧妙，虽只写云，但人已活灵活现。

“飞星传恨”，有两说。一说是牵牛、织女二星遥遥相望，传递着内心的怨恨；一说“飞星”指流星。其实，讲成流星更好，因为不仅是牛郎、织女自怨自艾，连流星都为牛郎、织女的遭遇愤愤不平。

“银汉迢迢暗度。”“银汉”，银河。“迢迢”，遥远。“暗度”，悄悄渡过。为什么要悄悄渡过呢？因为三百六十五个日日夜夜的企盼，终于在这一夜要实现了。虽然这一夜的牵手之后，仍然是遥遥无期的渴盼，从这个角度看，相见争如不见。但是，相见终归胜过不见，一切外在的东西都无足轻重，只有见面本身最为重要。于是，牛女双星，顾不上大张旗鼓地庆贺这一天的到来，便匆匆踏上相见的鹊桥，“银汉迢迢暗度”。

词人在极力宣扬这对夫妻的苦难之后，突然掉转笔锋，“金风玉露一相逢，便胜却人间无数”。这种感怀，从无人想过、道过、写过，真是出人意表。天上神女之间的相别、相会，和人间男女的相别、相会不一样。他们的一次见面，远远胜过人间无数次的相见。这倒不是因为他们是神仙，而是因为他们之间真挚的深情远远胜过人间平凡的相伴。

从结构上看，秦观的写法极为独特。先写离思之苦，再写相盼之切，写得极为含蓄、蕴藉，但是感情极为深沉。此后，笔锋突然一转，写出了两句惊天之语：“金风玉露一相逢，便胜却人间无数。”这令人惊诧不已的一大转折，反跌出词人的旷达。“金风玉露”出自李商隐的《辛未七夕》：“由来碧落银河畔，可要金风玉露时？”“金风玉露”，指的是秋天，特指七夕。

下片的结构一如上片。

“柔情似水，佳期如梦”，仍然如上片一样，写牛郎、织女相惜相恋的不舍之情，和对一年一度相见的热盼。这是所有写牛郎、织女故事的人都会写到的。心中充溢的“柔情”，“似水”一样充盈；热盼三百六十五天的“佳期”，“似梦”一样令人向往。秦少游把这种“柔情”“佳期”写得清淡而极富深情。循此思路，当然是“忍顾鹊桥归路 ”了。“忍”，怎忍，岂忍。“鹊桥归路”，喜鹊搭成的相见之桥，当然，也是牛郎和织女的离别之桥。这虽富有幻想，但却让人感到仍是旧说，是老生常谈。但是，有此一句，前面的“柔情似水，佳期如梦”便写尽了人们熟知的情侣之间的渴盼。仅仅写到此，还不是大本领。充其量，是比他人写得含蓄，写得淡中有味。秦少游的大本领在哪儿呢？在最后两句：“两情若是久长时，又岂在朝朝暮暮。”这两句大大超出了所有写牛郎、织女故事的诗作、词作。如同上片一样，在写尽常情之后，突然一个翻转，让所有的人都大吃一惊，如果有情人的情能够恒久不变，又何必在乎朝朝暮暮的相随相伴呢？

如果把《迢迢牵牛星》和秦观的《鹊桥仙》（纤云弄巧）相比，我们会看到，牛郎织女的故事一直在流传，虽其始终是悲剧，但这一故事的表达正由悲情向旷达转变。纵使这种旷达只是诗人、词人的一种美好愿望，但却是无数有情人的一种虔诚向往。七夕之会相见太短，分别太长，七夕不能只变成一次泪水泛滥的相会，它更应该是珍惜当下生活的鼓舞。

从《迢迢牵牛星》的质朴到《鹊桥仙》（纤云弄巧）的精致，这一故事的表达日臻完美。这是文学的进步，更是人们对爱情认识的进步。

美辞玉屑

辛未七夕

〔唐〕李商隐

恐是仙家好别离，故教迢递作佳期。
由来碧落银河畔，可要金风玉露时？
清漏渐移相望久，微云未接过来迟。
岂能无意酬乌鹊，唯与蜘蛛乞巧丝。

点绛唇

〔宋〕李清照

蹴罢秋千，起来慵整纤纤手。
露浓花瘦，薄汗轻衣透。
见客入来，袜刬金钗溜。和羞走。
倚门回首，却把青梅嗅。

这首词大意说：早晨，荡完秋千，站起身来，我懒懒地揉揉发麻的双手。含苞待放的鲜花上缀满了晶莹的露珠，涔涔香汗已将我的薄衣湿透。园中突然闯入一个小男生，吓得我顾不上穿鞋，顾不上滑落下来的金钗，含羞带急，直奔屋子。回到房内，缓过神来，我还是忍不住倚门眺望那个小男生。但我手里拿一枝青梅，装着闻梅香呢。

大家一看就明白，这首词和我们熟悉的李清照的作品如《醉花阴》《一剪梅》的词意大不一样。写作此词时李清照尚未出阁，所以这首词有许多新鲜的气象。

新在哪里呢？

一是没有相思的困扰。

二是充满少女的情态。

十几岁的小女生，开始对小男生感兴趣了，这是情窦初开的表现。但是，此时小女生的人生阅历还让她不会掩饰，不会处理突发事件。加上刚刚荡完秋千，发髻蓬松，薄衫湿透，一副狼狈相，这个样子怎么能见小男生呢？这才一路狂奔回房，鞋子忘穿了，金钗滑落了，全顾不上了。其实，李清照此时对闯入园中的小男生充满了兴趣，所以回房后，“倚门回首，却把青梅嗅”。

《醉花阴》《一剪梅》充满了李清照对丈夫赵明诚的相思，特别是极写相思带给自己的痛苦，这首词却表现了尚未出阁的李清照巧遇小男生的兴奋与对未来生活的憧憬。

我们先看上片四句：

蹴罢秋千，起来慵整纤纤手。露浓花瘦，薄汗轻衣透。

前两句写她荡完秋千，站起身来，懒洋洋地揉揉发麻的双手。李清照是一位细腻的词人，词中以“纤纤手”指代少女之手。这一写法源自《诗经·卫风·硕人》中“手如柔荑，肤如凝脂”，《古诗十九首·迢迢牵牛星》中有“纤纤擢素手，札札弄机杼”。

这一句中的“慵”字用得特别漂亮。“慵”是懒的意思，什么叫“慵整”？荡完秋千，手麻、手疼，连揉都懒得揉了。少女细嫩的手，荡完秋千后的疲劳，心理的懈怠，全担在一个“慵”字上了。

开篇两句的功力词人全下在动作、神态上，完全不重相貌，但是，少女的形象已跃然纸上。这和此前此后诗人、词人凡写女子必大写其容貌很不相同。

“露浓花瘦，薄汗轻衣透”两句中的“露浓花瘦”四个字非常重要，它是全词唯一写景的字句，寓意很深。带着露珠、含苞待放的花，正象征自己如花一样的年龄，如水一样的娇嫩。这一点被许许多多的评论者忽略了，要知道，李清照岂是用闲笔之辈？

刚刚荡完秋千，涔涔香汗轻湿罗衣，略显衣带不整。这四句的描写为下片小女生的狼狈埋下了伏笔。

下片五句是全词的精彩之笔：

见客入来，袜刬金钗溜。和羞走。倚门回首，却把青梅嗅。

刚刚活动完尚未回房的少女，突然看见一个小男生进入园中，慌忙回避，以至鞋子没穿，发髻上的金钗滑落地上也顾不上拾取，带着羞涩，跑得十分匆忙。古人的“走”，意思就是跑。

为什么跑得这么匆忙呢？羞怯啊！

情窦初开，大家闺秀，让身为小女生的李清照内心很矛盾：不方便见又很想见。

词写至此，一个待字闺中的少女形象已跃入读者的眼帘，但是，这并未臻全词的高潮。此词真正的高潮是“和羞”跑回房中的小女生，回到闺房后，“倚门回首，却把青梅嗅”。

这是全词最为精彩的一个动作。小女生青春萌动，希冀见到小男生，但是，这个小男生长得怎样？是不是自己喜爱的那一类？刚才只顾得快逃，根本没看清。还想再看看，但自己的身份、自尊又不允许傻傻地看。怎么办呢？

李清照不愧是中国古代第一才女！

她写了一个极为罕见的动作：小女生在嗅“青梅”的动作掩护下完成了眺望。

少女的羞涩，青春的萌动，尽在这两句之中。

中国古代诗歌中从未写过内心如此复杂又十分真实的少女形象，这真是一大创举。

杜牧的“娉娉袅袅十三余，豆蔻梢头二月初”被公认是唐人写少女的佳句，但是，我们似乎只能从诗的描写中大致知道十三四岁少女的婀娜身姿，整个人的形象太模糊了，看不清。

读了李清照的《点绛唇》（蹴罢秋千），我们对宋代小女生的形象感觉清晰多了。一个已经青春觉醒的小女生，虽然青春萌动，渴盼交友，但书香门第的家教让她只能在有限的范围内搞点小动作。

这首词的最大亮点是以一组镜头写了一个青春期的小女生。这一组镜头中有三个分镜头：第一个是荡完秋千，起身搓手、揉手。第二个分镜头是园中突然闯进一个小男生，小女生受惊狂奔。第三个分镜头是小女生带着羞涩跑进屋后，以嗅“青梅”遮掩回眸眺望。

三个分镜头，均以“少女”为中心，组成一幅极富特色的动态画面，让人忍俊不禁，又回味无穷。

另一个亮点是叙事。

宋词的长项是抒情，特别是为抒写人类最普遍的感情——恋情、爱情提供了一个最好的范式。李清照婚后生活的大量词作，特别是名作，多以抒情制胜。

这首词是个例外，它通篇叙事。从荡秋千到活动后的搓手、揉手，再到小男生突入花园，小女生仓皇出逃，直至回屋后借“嗅”“青梅”回望，纯是叙事。全词仅有的“露浓花瘦”四个字，似是景语，但仍在写人。这在宋词中极为罕见。

美辞玉屑

诗经·卫风·硕人

硕人其颀，衣锦褧（jiǒng）衣。齐侯之子，卫侯之妻。东宫之妹，邢侯之姨，谭公维私。

手如柔荑（tí），肤如凝脂。领如蝤（qiú）蛴（qí），齿如瓠犀。螓首蛾眉，巧笑倩兮，美目盼兮。

硕人敖敖，说于农郊。四牡有骄，朱帻（fén）镳镳，翟（dí）茀（fú）以朝。大夫夙退，无使君劳。

河水洋洋，北流活（guō）活。施罛濊(huò)濊，鳣鲔发发，葭菼揭揭。庶姜孽孽，庶士有朅。

赠别二首（其一）

〔唐〕杜牧

娉娉袅袅十三余，豆蔻梢头二月初。

春风十里扬州路，卷上珠帘总不如。

如梦令

〔宋〕李清照

昨夜雨疏风骤，浓睡不消残酒。试问卷帘人，却道海棠依旧。知否，知否，应是绿肥红瘦。

这首小令非常有名，但是字数奇少，仅仅三十三个字。

可是，宋词并不以字数多少论英雄。这首小令经过九百多年的历史检验，经过无数读者的阅读筛选，经过众多名家的甄别评论，经过诸多选本特别是名家选本的选录，已经成为宋词经典中的一篇，更是李清照流传至今的四五十首作品中知名度极高的作品之一。

特别是“绿肥红瘦”四个字，不但受到历代文人的激赏，而且今天已成为最有故事性、最有文学特色的成语之一。

首二句“昨夜雨疏风骤，浓睡不消残酒”，写昨天晚上一场暴风骤雨，让李清照心情郁闷，喝了很多酒来消解内心的郁闷，酒后，大睡一夜，第二天早上醒来，酒劲还没过去。

这里的“雨疏风骤”中的“疏”并不是小，而是疏狂。“雨疏风骤”是风雨交加。“浓睡”是沉睡，呼呼大睡。但是，“浓睡”一夜，早上竟然“残酒”未消，可见，昨晚这顿酒真是喝得酩酊大醉了。

李清照前一天晚上为什么要喝得酩酊大醉呢?

词中写得很隐晦。

隐晦是不是就不可寻找了呢？不是！隐晦和能不能发现是两个概念。

我们从哪儿可以发现李清照喝得酩酊大醉的原因呢?

从她第二天醒后的第一句话可以看出来：

试问卷帘人，却道海棠依旧。

从与《点绛唇》（蹴罢秋千）偶遇小男生惊慌失措的少女表现的对比及她与赵明诚婚后别离的刻骨铭心的相思来看，这首词应当作于婚后独居之时，赵明诚不在身边。身边只有一位侍奉她的侍女正在“卷帘”，整理房间，因此，“残酒”未醒的李清照看到卷帘女，立马问道：院里的海棠花怎么样了？

可是，这句问话偏偏没有写到词中，而是暗含在卷帘女的回答中了。这叫“以答代问”，是诗词中节省篇幅、加快情节推进的重要方法之一。

卷帘女当然不知道李清照为什么头一天晚上喝那么多酒，也不知道李清照“残酒”未醒时第一句话就问院中的海棠花是什么意思，她看都没看院里的海棠，随口就答：

海棠依旧。

卷帘女的回答很正常，她的文化修养，她的人生经历，她的家庭地位，她的感情，都让她从未关注过院里的海棠花，对昨夜的狂风骤雨也没有细腻的感受，因此，随口就答。

但是，我们从李清照因酒而“浓睡”一夜，“残酒”未醒的早晨第一句问话已经知道，李清照对院中的海棠花可是关怀备至啊！

所以头一天晚上酩酊大醉的真实原因是，昨夜的“雨疏风骤”对院中海棠花的致命摧残，让李清照非常郁闷。她对苍天无能为力，只能以酒浇愁，但对整整一夜遭受狂风骤雨打击的海棠花却不能无动于衷。

惜花、怜花、伤花，让她感到自己也如一朵无端遭受风雨欺凌的海棠花，完全无力掌握自己的命运。正像《红楼梦》中黛玉《葬花吟》所咏："花谢花飞花满天，红消香断有谁怜？""明媚鲜妍能几时，一朝飘泊难寻觅。"

因此，李清照在词中对侍女喊道：

知否，知否，应是绿肥红瘦。

你知道吗？你知道吗？一夜狂风暴雨，红花落了，绿叶肥了。

此词至此，戛然而止。

李清照惜花酗酒，醉醒问花，问后大喊，其实都是为了饱受风雨摧残一夜的海棠花。

为什么李清照对普普通通的海棠花如此上心呢？

以花喻人是中国文人创作的一个传统。古往今来，以花喻人的诗句非常多。其中，最有名的是唐代杜秋娘的《金缕衣》：

劝君莫惜金缕衣，劝君惜取少年时。

花开堪折直须折，莫待无花空折枝。

这首名诗击中人们心中最柔软部分的是花如人，人如花。人生易老，珍惜少年；花开有时，当折须折。

正像诗中"花开堪折直须折，莫待无花空折枝"两句，李清照惜花，即是惜己；伤时，也是伤己。自己就像海棠花一样，在与赵明诚的分别中，一天天将自己的青春耗干耗尽了。"试看春残花渐落，便是红颜老死时。"

其实，海棠花是一种非常普通的花，并非名花，苏轼曾经为海棠花写过一首《海棠》诗：

东风袅袅泛崇光，香雾空蒙月转廊。

只恐夜深花睡去，故烧高烛照红妆。

苏轼痴情于海棠花，唯恐海棠在夜色中睡去，竟然异想天开地要点亮红烛，让海棠千万别睡着。苏轼珍惜海棠花，因为海棠花是蓄积了很长时间的能量才迎来了绽开的短暂时光，一旦睡去，岂不太可惜啊！

李清照珍惜海棠花更胜过苏轼，因为李清照在海棠花身上寄寓了自己的身世之感。在李清照的眼中，海棠花不仅是花，更是自己生命的载体。

她不希望自己年轻的生命像海棠花一样，尚未绽放就在风雨中结束了。因此，这首小词比起大名鼎鼎的苏轼咏海棠的诗毫不逊色，甚而过之。

美辞玉屑

《苕溪渔隐》云：近时妇人能文词如李易安，颇有佳句，如云“绿肥红瘦”，只此语甚新。又九日词，“帘卷西风，人似黄花瘦”，此言亦妇人所难到也。沈际飞曰：“知否”二字，叠得可味。“绿肥红瘦”，创获自妇人，大奇。按一问极有情，答以“依旧”，答得极淡，跌出“知否”二句来。而“绿肥红瘦”，无限悽婉，却又妙在含蓄。短篇中藏无数曲折，自是圣于词者。

——〔清〕黄了翁《蓼园词选》

永遇乐

〔宋〕李清照

落日熔金，暮云合璧，人在何处？染柳烟浓，吹梅笛怨，春意知几许！元宵佳节，融和天气，次第岂无风雨？来相召、香车宝马，谢他酒朋诗侣。

中州盛日，闺门多暇，记得偏重三五。铺翠冠儿，捻金雪柳，簇带争济楚。如今憔悴，风鬟霜鬓，怕见夜间出去。不如向、帘儿底下，听人笑语。

阅历是一笔财富。少女时代的李清照，曾经写过一首非常有名的《如梦令》：

常记溪亭日暮，沉醉不知归路。兴尽晚回舟，误入藕花深处。争渡，争渡，惊起一滩鸥鹭。

这首小词，写少女时代的李清照醉酒后，由于玩得尽兴，竟然找不到回家之路了，在莲花遍布的水面上，误入了藕花深处。李清照为读者描绘了一幅清新活泼的水鸟争飞图，表现出当时生活的轻松愉快与少女的无忧无虑、单纯自然。

李清照还写过一首《点绛唇》（蹴罢秋千）：

蹴罢秋千，起来慵整纤纤手。露浓花瘦，薄汗轻衣透。

见客入来，袜刬金钗溜。和羞走。倚门回首，却把青梅嗅。

这首小词，写情窦初开的少女既急切又害羞的样子，憨态可掬。

上述两首少女时代的小词，写出了涉世未深、单纯幼稚的李清照。但是，人总是要长大的。特别是生在动荡的年代，必然要经历一些刻骨铭心的事。李清照生活在靖康之难前后，生活在北宋灭亡、南宋初建的时代。巨大的时代变迁，带来了国破、夫死的大难，这对于一个弱女子来说，不能不是一场惊天巨变。经历了一系列的打击，李清照的心老了，少女的无忧无虑再也回不来了。

《永遇乐》（落日熔金）这首词，就是李清照晚年痛苦心境的真实写照。

“落日熔金”，写晚晴。夕阳如同熔化的金子一样。“暮云合璧”，苍茫暮色从四面围了上来，只有皎洁的月亮如同一块无瑕的白璧，被暮色团团围在中央。这是一幅多么优美的暮色夜月图！按照常理，能够在正月十五看到如此皎洁的月亮，人们的心会立即欢腾起来。但是，历经沧桑的李清照没有一丝一毫的喜悦，反而冷不丁地来了一句：“人在何处？”这一问来得非常突兀。我们品读这首词，对这四个字必须回答两个问题：一是什么意思，二是为什么会有这么一问。

“人在何处”一句确实问得让人莫名其妙。但是，这一问必须得讲。什么意思呢？李清照看到如此皎洁的月亮，仿佛一下子回到了当年的都城，但是转念一想，这是东京吗？这是临安啊！这一问，仿佛一盆冰水从头浇下，让人一下子从元宵节的欢乐中跌落到冷冰冰的现实中来。元宵节是一年中最喜庆的节日之一，但是，对于流落在临安的李清照来说，元宵节带给她的只有痛苦的回忆。一句“人在何处”，将前面两句“落日熔金，暮云合璧”的美丽一笔抹去。这是这首词最独特的一种写法。

以上三句，写当日的天气。以下三句，写当时的季节：

染柳烟浓，吹梅笛怨，春意知几许！

这三句点出初春，写法和前三句完全一样。第一句的“染柳烟浓”，写浓浓烟雾笼罩下的柳树显得颜色更深了。第二句的“吹梅笛怨”，写《梅花落》的笛声悠扬而含恨。本来只属于寒冬而不属于春天的梅花早已凋零。第三句忽然发问：“春意知几许！”到底这烟柳、梅怨之中有多少春意呢？显然，词人并不认为元宵节已是春意浓浓了。这里也有两层意思：一是元宵节正是寒意未退之时，二是词人的心里哪有一丝春意呢？国破、家亡、夫死的重压，让李清照的内心充满了入骨的寒冷。“染柳烟浓，吹梅笛怨”的春光，被一句“春意知几许”抹得干干净净。

无论元宵节的月光多美，无论春意乍来时多么令人惊喜，在词人的心中，这一切都毫无意义。

元宵佳节，融和天气，次第岂无风雨？

这三句，正面点明了元宵节，点明了这一天的天气格外好，暖意融融。一如前面两个三句的写法，夸完元宵节的美好天气后，词人笔锋一转，“次第岂无风雨”一问，难道这么好的天气就不会有点风风雨雨吗？又是一笔抹杀！

边写边扫是这首词上片非常典型的一种写法。词人并非不知道元宵节的美好，只是个人的心境十分糟糕，看什么都引不起兴趣，笔笔抹杀之下，透露出词人内心的悲伤。

由于有了前面九句的层层铺垫，上片结尾的两句“来相召、香车宝马，谢他酒朋诗侣”就水到渠成、瓜熟蒂落了。虽然李清照是流落他乡，但是，她的才名早已传遍大江南北，加之其家世不俗，因此，寄寓临安，亦会有高门大族的女眷相约看灯。所谓“来相召、香车宝马”正是写此。邀者非等闲，受邀亦人龙。不过，李清照对乘着“香车宝马”到来的客人，却一律说“不”！当然，这个“不”，说得很有艺术，“谢他酒朋诗侣”一句话说明了两点：

一是来者是自己的“酒朋诗侣”，绝非狐朋狗友，二是自己婉拒了“酒朋诗侣”的真诚相邀。自己实在是没有心情去赏灯、喝酒、吟诗，尽管这一夜是“家家灯火，处处管弦”。

上片从整体上看，主要写的是当下。下片开篇，即是对往日的追忆：

> 中州盛日，闺门多暇，记得偏重三五。

“中州”，本指中原，这里特指北宋京城东京汴梁。当年在京城的那些日子，“闺门”多有空闲，因此特别看重元宵佳节。“三五”，十五，特指正月十五元宵节。

> 铺翠冠儿，捻金雪柳，簇带争济楚。

这三句用了不少当时的流行语，随着时间流逝，数百年前的流行语，今天已经变得十分生疏了。“铺翠冠儿”，插着翠鸟羽毛的帽子，这是当年最流行的女帽。“捻金雪柳”，用白色的绢制成的头饰，再加上金饰。“簇带”，当年的流行语，打扮。“济楚”，整齐鲜亮。这三句说，自己当年戴着最流行的女帽与华贵的头饰，整整齐齐，漂漂亮亮。经济条件、个人心情、少女的年龄，使得那时的李清照对正月十五元宵节有极大的兴趣，自然要精心打扮一番，欢欢喜喜去观灯。

> 如今憔悴，风鬟霜鬓，怕见夜间出去。

如今我形容憔悴，两鬓斑白，哪还有心情出门去呢？这三句，李清照笔锋忽然一转，写得悲伤哀婉，充满了一位丧偶的老年妇女的凄凉感。这是一种特定阅历下的心情，不是一般少男少女，甚至中年男女、老年男女所能理解的心境。幸福的家庭都是相同的，不幸的家庭各有各的不幸。一脸沧桑，满头霜鬓，晚上都羞于见人。白天呢？词人没有写，晚间尚且如此，何况白天呢？这是一种多么伤感复杂的心绪，这是一种多么痛苦不堪的心情。

全词以“不如向、帘儿底下，听人笑语”作结，真是一颗伤透的心！听听他人的笑语，自己呢？词人未写，但是我们可以想象得出来。

这首词在结构上的最大特点是对比。上片与下片是今与昔的对比，上片前九句，每三句都是眼前景和心中情的对比。大处有对比，小处亦有对比。正是这种今与昔、眼前景和心中情的极大反差，将词人痛苦、酸楚的心情表现得淋漓尽致。

美辞玉屑

余自己亥上元诵李易安《永遇乐》，为之涕下。今三年矣，每闻此词，辄不自堪。遂依其声，又托之易安自喻。虽辞情不及，而悲苦过之。

——〔宋〕刘辰翁《永遇乐》序

钗头凤

〔宋〕陆游

红酥手，黄縢酒。满城春色宫墙柳。东风恶，欢情薄。一怀愁绪，几年离索。错，错，错。

春如旧，人空瘦。泪痕红浥鲛绡透。桃花落，闲池阁。山盟虽在，锦书难托。莫，莫，莫。

人生难免会有遗憾。对于一个男子来说，婚姻不幸可以在事业上找回自己的价值，事业不顺可以在婚姻中得到弥补。可是如果婚姻与事业两方面均不顺畅呢？那便是人生最大的遗憾。

陆游是宋代文坛巨擘，北宋亡国给陆游这一代文人的最大影响是北归复国的宏愿始终萦绕于心，可惜陆游一生报国无门，事业无成。而他的婚姻也不遂心，一场初婚，影响了他的一生。

陆游初婚的妻子是唐琬。二人情投意合，吟诗作对，倩影成双，被人们看作是天造地设、声磬相协的绝配。

如此难得的一段美满姻缘，竟让陆游的母亲极为恼火。按理说，儿子夫妻恩爱，如胶似膝，婆婆应当高兴，可唐琬的婆婆对儿子的期许一向甚高，她希望自己的儿子能考取功名，光宗耀祖。可是，陆游却天天与自己的妻子卿卿我我、恩恩爱爱，完全沉醉在二人世界之中。什么功名利禄，什么金榜题名，全不放在心上。这让老夫人大为不满。

威严的老夫人，首先是对儿媳唐琬严加申斥，要求其督促陆游以科举功名为上。不过，对于沉溺于爱河中不可自拔的唐琬和陆游，老夫人的话不灵了。花前月下，形影不离，千般心事，万种柔情。甭说老夫人，似乎老天爷也无法棒打鸳鸯。但是，老夫人却要棒打鸳鸯了，这是陆游、唐琬这对年轻夫妻未曾料想到的事。可怕的是，陆游、唐琬未曾考虑过此事会生出一场人生悲剧。

悲剧就这样爆发了。

在“子甚宜其妻，父母不悦，出”（《礼记·内则》）的“七出”之条下，唐琬的命运既不在自己手中，也不在陆游手中，而是掌控在老夫人手中。

什么叫“子甚宜其妻，父母不悦，出”呢？意思是：儿子非常喜欢妻子，但是父母不喜欢，妻子就必须被休。有了这一条，唐琬的结局只能是被休。

老夫人为了儿子的功名，终于痛下狠手：逼着陆游赶走唐琬。

一向以孝顺著称的陆游，遇到了人生真正的大难题，母亲之命与夫妻之情冰火不容。陆游百般哀告、劝谏无效。据多部宋人笔记的记载（周密《齐东野语》卷一、陈鹄《耆旧续闻》卷十、刘克庄《后村大全集》卷一百七十八）：陆游被迫休妻，另租房子让唐琬居住，企图金屋藏娇，并常常私下相聚。此事最终被其母发觉，陆游和唐琬这对恩爱夫妻被迫彻底分手。离异后，唐琬再嫁同郡赵士程，陆游再婚王氏。

绍兴二十一年（1151）春，赵士程和唐琬春游，在沈园巧遇陆游。唐琬主动告知赵士程，赵士程于是派人给陆游送了一桌酒席，陆游感慨万分，在沈园墙上题写了千古绝唱《钗头凤》。

红酥手，黄縢酒。满城春色宫墙柳。

上片开篇三句，写出了陆游对当年美满婚姻的回忆。

“红酥手”，形容女子柔嫩的手。这里用“红酥手”代指年轻的唐琬，同时写出了当年唐琬频频把盏、夫妻亲密无间的柔情蜜意。

紅酥手黃縢酒滿城春色宮墻柳東風惡歡情薄一盃愁緒幾年離索錯錯錯春如舊人空瘦淚痕紅浥鮫綃透桃花落閑池閣山盟雖在錦書難托莫莫莫
陸游釵頭鳳詞意
戊戌夏洛陽憲衛書

宋词作为一种受字数限制的文学形式，常常用极简的字词包含丰富的内容，“红酥手”三个字就是唐琬美丽温柔、夫妻间琴瑟和谐的缩写。

“黄縢酒”，黄封酒。宋代官酒，用黄纸或黄罗绢封瓶口。“縢”，缄封。词中用“黄縢酒”代指唐琬当年和陆游开怀畅饮、共同赏春的幸福。

“宫墙”，绍兴是南宋的陪都，因此绍兴城墙有宫墙之称，这里代指绍兴。此句写出了陆游夫妇当年游春的欢乐。满城的春色，遍地的宫墙，构成了这首词上片前两句的大背景。

东风恶，欢情薄。一怀愁绪，几年离索。

“东风恶”，人生美好的时光总是那么短暂，陆游与唐琬的美好爱情与完美婚姻，最终因陆母的干预而终止。“东风”，代指陆游的母亲，“恶”则指陆母强拆恩爱夫妻。因为此事为陆母所为，词人写词时不得不有所避忌，故用“东风恶”三字代指此事。“欢情薄”，指陆游和唐琬的美满婚姻最终无果而终。“一怀愁绪，几年离索”，“离索”，离群索居。词中指在经历婚姻危机后，满腹愁绪的陆游，被迫过着离群索居的生活。

当年的欢乐，当年的分手，今日的重逢，今日的酒席，这一切都让陆游充满悔恨和痛苦。面对这一切，他只能用一个字来告白：错！而且，在这首词中，词人连用了三次：错，错，错。叠用三个“错”字，足见陆游的悔恨之深、之广。那么，谁错了呢？当然有其母，但是也有自己。词中只写错，不写谁错，显然是为了避讳，也是写词必要的含蓄。

如果说，上片写昔日的欢乐与今日的悔恨，下片则写今日意外重逢的痛苦。

春如旧，人空瘦。泪痕红浥鲛绡透。

春光依然美丽，春光依然动人，可是，当年美丽可人的唐琬瘦了，相逢时，她的泪水不停地流，拭泪的手帕湿透了。

“浥”，湿。“鲛绡”，手帕的别称。可见，这场美满婚姻的破裂，不仅令陆游痛苦和悔恨，再婚的唐琬同样是受害者。“鲛绡透”三个字写出了唐琬的痛苦。特别是一个“透”字，滚滚的泪水饱含了欲言又止、欲罢不能的无奈。尽管时间流逝，但是初婚的深情却永远烙在了两颗心上。

桃花落，闲池阁。山盟虽在，锦书难托。

“桃花落，闲池阁”写春风逞狂的节令，“桃花落”尽了，当年的沈园有些破败了。“池阁”指沈园，“闲”是游客稀了、庭院荒了。“闲”本指人的事少了，但作者偏偏说园子闲了。暮春季节，沈园的游客少了好多，不是物是人非，而是物非人非了。

想想当年自己和唐琬的海誓山盟，今天一个再娶，一个再嫁，即使都有千言万语想说，又能说什么，又该说什么，一切都是“锦书难托”。“山盟”，本义是指山为盟。“锦书”，本指晋代窦滔的妻子苏蕙织锦而成的回文诗，后来用“锦书”指代夫妻之间的书信。

想起当年的海誓山盟，想想今天的无言处境，陆游只能长叹一声：“莫，莫，莫。”

欲说还休，欲说还休。

美辞玉屑

陆氏放翁娶唐氏女，伉俪相得。弗获于姑，陆出之，未忍绝，为别馆往焉。姑知而掩之，遂绝。后改适同郡宗室赵士程，春日出游，相遇于禹迹寺南之沈园。唐语其夫，为致酒肴。陆怅然，赋《钗头凤》一词……唐见而和之，未几，怏怏卒。

——〔清〕徐釚《词苑丛谈》卷七

钗头凤

〔宋〕唐琬

世情薄，人情恶。雨送黄昏花易落。晓风干，泪痕残。欲笺心事，独语斜栏。难，难，难。

人成各，今非昨。病魂常似秋千索。角声寒，夜阑珊。怕人寻问，咽泪装欢。瞒，瞒，瞒。

热恋中的情侣被迫分手，往往酿成人间的悲剧。恩爱的新婚夫妻劳燕分飞，更让人无法忍受。《孔雀东南飞》中焦仲卿和刘兰芝的双双殉情便是明证。

陆游在严母的强行干预下，被迫与恩爱妻子唐琬分手，这件事造成了两个人的悲剧。人们往往关注受到伤害的陆游，因为陆游的名气大，留下来怀念唐琬的诗词多，但是，唐琬为这段婚姻的付出远甚于陆游，毕竟，男性尚有事业支撑着人生，女性的婚姻就是她人生的全部。因此，唐琬遭受的、承受的痛苦应当更大、更多。

陆游在绍兴禹迹寺沈园墙上留下《钗头凤》（红酥手）一词的第二年春，唐琬鬼使神差地再游沈园，看到了陆游的这首词，百感交集，提笔填词，这就是这首《钗头凤》（世情薄）。

世情薄，人情恶。雨送黄昏花易落。

陆游的《钗头凤》（红酥手）上片第二层叙及婚姻的不幸，曾写下“东风恶，欢情薄。一怀愁绪，几年离索”。唐琬的感受和陆游有很多相同之处，因此，上片开篇就用“世情薄，人情恶”六个字写出了被迫离开陆家的缘由。这里的“世情薄，人情恶”指陆母强行干预之事，“恶”，突出了其嚣张与残忍。“薄”，是少、没有，写出了唐琬的无奈和愤慨。“雨送黄昏花易落”是写景，雨疏风狂、百花凋零的残春景象，正是自己人生悲剧的真实写照。

当唐琬在默默承受着被迫分手的痛苦时，陆游在母亲的监督下，只能收起满腔的幽怨，重拾科举课业。这一拾，就是三年寒窗。绍兴二十三年（1153），二十七岁的陆游离开故乡山阴，前往临安参加科举考试，他凭借着深厚的经学功底和才华横溢的文思，被定为魁首。但是，第二名恰是当朝宰相秦桧的孙子秦埙。秦桧对自己孙子只获得第二名耿耿于怀。第二年春天，礼部会试时，秦桧指示主考官借故将陆游的试卷剔除。

这场意外，让陆游的仕途一开始就遭受了挫折。

晓风干，泪痕残。欲笺心事，独语斜栏。难，难，难。

一夜的风终于让残花上的雨水干了，但在唐琬的眼中，这点点滴滴残留的雨痕，只是尚未擦拭干净的泪痕。这种写法颇为新颖，它写出了唐琬默默留下的多少鲜为人知的伤心之泪。这六个字，其实字字饱含血泪。只有整日沉浸在痛苦之中、浸泡在泪水之中的自己，才会看到花上的雨水、雨痕，感到它就是泪水、泪痕。这些心事，能向谁说？肯定不能告诉陆游，因为两人已经劳燕分飞了；更不能告诉心地善良的新任丈夫赵士程，赵士程对自己极为体贴，这让唐琬多多少少有了一些人生的慰藉。既然谁都不能说、不敢说，那就只能深埋在心底，独自凭栏，这就是“欲笺心事，独语斜栏”。不能说，可以写吗？似乎可以，这就催生了唐琬的《钗头凤》（世情薄）。“欲笺心事”四个字，其实写出了唐琬在欲诉无人的绝望中，希望将自己的满腹心事写下来的渴求。如果唐琬没有填词的文才，没有高超的文学修养，这段中国古代文人的爱情悲剧就少了许多光彩。唐琬写了一首与陆游同一词牌的《钗头凤》，这样做不但需要文才，还需要很大的勇气、很大的承受力。此事一旦被赵士程得知，会不会影响到她的新婚呢？如果不写，千古之后，谁能知道唐琬为这段婚姻付出了多少艰辛呢？这就逼出了上片最后的三个字："难，难，难。"

虽然陆游对自己仍旧一往情深，虽然自己对陆游仍旧痴心不改，但是，今日已非昨日。自己再嫁，陆游再娶，一切都不能改变了。人生没有来世，只有今生。今生已经如此，还能再说什么？"人成各，今非昨。病魂常似秋千索。"病中的唐琬常常感到，自己就像秋千上的绳索一样，飘来荡去，无法掌握自己的命运。

尽管唐琬一时兴起，提笔填词，可是，再婚的现实无法跨越。无数个夜晚，只听见声声的画角，感受到阵阵的寒意。夜无论多静，思念无论多深，一夜未眠，明朝起床，仍旧怕人询问。怕什么呢？怕人问起为什么没睡好，怕人问起有什么心事，怕人问起新婚如何，怕人问起两场婚姻有何比较。因此，一夜未眠，依旧要强忍泪水，强打精神，装出盈盈笑脸，装出阵阵笑语，这可真是"角声寒，夜阑珊。怕人寻问，咽泪装欢"。这一切其实都是一个字："瞒，瞒，瞒。"唐琬因为有了这样的体验，深切地体会到人生的艰难，唯有瞒，瞒住所有的痛苦，才能有自己的立足之地。

强颜欢笑，欲哭反笑。为了家族要瞒，为了赵士程要瞒，为了陆游要瞒，为了自己更要瞒。

唐琬终于没有逃脱感情的魔咒。这样一位一往情深的女子，尽管已经再嫁，可她对陆游的感情依然如故。未见陆游之时，也许她认为自己已经走出来了，可见到陆游，特别是见到陆游的《钗头凤》（红酥手）以后，她内心对陆游的情感波澜一下子激荡起来，她不仅和了一阕《钗头凤》（世情薄），而且不久即一病不起，香消玉殒，撒手人寰。

此时，陆游因秦桧病死，被重新召回朝廷，至宁德任主簿，远离了故土山阴。

此后，陆游受到新登基的宋孝宗的重视，被赐进士出身，仕途一路顺畅，直至七十五岁告老还乡后，才得知唐琬已下世多年。

唐琬以生命的代价证明了自己与陆游感情的忠贞与深沉，陆游到了古稀之年对唐琬的感情亦一如既往。他再游沈园，写下了《沈园二首》：

城上斜阳画角哀，沈园非复旧池台。
伤心桥下春波绿，曾是惊鸿照影来。

梦断香销四十年，沈园柳老不吹绵。
此身行作稽山土，犹吊遗踪一泫然。

陆游写作《沈园二首》时，唐琬已离开人世约四十年了，沈园已不是当年那个美丽的园林了，沈园的柳树老了，不飘柳絮了。陆游自己也行将就木，即将成为会稽山的一抔土，但他还要来凭吊唐琬。他仿佛看到桥下的流水中，依然有唐琬的倩影。到八十多岁，陆游下世前，又写下了怀念沈园和唐琬的诗作。唐琬能得到陆游如此的眷顾，她的一生，值了。

美辞玉屑

余弱冠客会稽，游许氏园，见壁间有陆放翁题词，云："红酥手，黄藤酒，满城春色宫墙柳。东风恶，欢情薄。一怀愁绪，几年离索。错，错，错。春如旧，人空瘦，泪痕红浥鲛绡透。桃花落，闲池阁。山盟虽在，锦书难托。莫，莫，莫。"笔势飘逸，书于沈氏园，辛未三月题。放翁先室内琴瑟甚和，然不当母夫人意，因出之。夫妇之情，实不忍离。后适南班士名某（案：《齐东野语》云改适同郡宗子士程），家有园馆之胜。务观一日至园中，去妇闻之，遣遗黄封酒果馔，通殷勤。公感其情，为赋此词。其妇见而和之，有"世情薄，人情恶"之句，惜不得其全阕。未几，怏怏而卒，闻者为之怆然。此园后更许氏。淳熙间，其壁犹存，好事者以竹木来护之，今不复有矣。

——〔宋〕陈鹄《西塘集耆旧续闻》卷十

摸鱼儿

〔宋〕辛弃疾

淳熙己亥，自湖北漕移湖南，同官王正之置酒小山亭，为赋。

更能消几番风雨，匆匆春又归去。惜春长怕花开早，何况落红无数。春且住。见说道、天涯芳草无归路。怨春不语，算只有殷勤，画檐蛛网，尽日惹飞絮。

长门事，准拟佳期又误，蛾眉曾有人妒。千金纵买相如赋，脉脉此情谁诉？君莫舞。君不见、玉环飞燕皆尘土。闲愁最苦，休去倚危栏，斜阳正在，烟柳断肠处。

这首词是辛词中最有代表性的作品之一。

词前的小序介绍了这首词的创作背景。

宋孝宗淳熙六年（1179）暮春，辛弃疾从湖北转运副使改任湖南转运副使，这里的“湖北”“湖南”，是指荆湖北路和荆湖南路。同时任职湖北转运司的朋友王正之，在官署院内的小山亭设酒招待即将离任的辛弃疾。辛弃疾深受感触，写下了这首著名的《摸鱼儿》（更能消几番风雨）。

上片十一句，分为三层，前四句为第一层：

> 更能消几番风雨，匆匆春又归去。惜春长怕花开早，何况落红无数。

首二句充满了词人对春天即将逝去的无限感慨。这春天还能经受几场风雨的折腾啊，眼看着春天就这样匆匆离去了。词人的惜春之情从口无遮拦的感叹春归之快中表达出来。本来，春天会随着时间的推移而逝去，如果加上风雨的侵袭，春天会走得更快，因为，春雨会将春花打成“乱红”。第三、四句继续抒写惜春之情。由于惜春，词人最担心的是花开得早，因为开得早必然败得早，何况眼下已经是遍地“落红”了。

接下来的两句是第二层。

这一层开始，作者大吼一声：

春且住。见说道、天涯芳草无归路。

春天你给我站住！听说芳草漫漫，已经遍布天下，你上哪儿去找归途呢？

如果说上片的前两句是惜春，那么这两句就是劝春，劝春天不要走。当然，词人的劝春也是恩威并用，先大吼一声：站住！再娓娓道来：既然无路可走，不如留下。

上片的最后四句是第三层：

怨春不语，算只有殷勤，画檐蛛网，尽日惹飞絮。

无论自己怎么劝，春天还是默默地匆匆离去。看来看去，只有屋檐下的蛛网和我一样有留春之心，它们整天在用自己织的网挽留漫天飞舞的柳絮，让人感到，春天才刚刚离去，你看，柳絮还在蛛网上挂着呢。

如果说前面写了惜春、劝春，那么这四句写的就是怨春。一怨春天不回答，二怨春天不留步。

读到这里，我们是不是会觉得这首词的写法似曾相识，它似乎是在写一位女子的惜春、劝春、怨春，总之，是写一位女子的伤春之情。

至少，我们从字面上看，这首词写的的确是词人的伤春之情。

但是，辛弃疾不是真的写伤春，这首词明写伤春，暗写的是词人对岁月流逝、流年似水的感伤。写作这首词时，辛弃疾南归已十六年了，这十六年他从未能率兵出征，从未能鏖战疆场。这十六年，流淌的不仅是岁月，还有国运和个人命运。此时的辛弃疾已经三十九岁，白白流淌的十六年让他痛感岁月无情。因此，这首词的伤春也是伤己、悲己。

这种写法虽然来自屈原独创的“香草美人”，但是，在宋词中以香草美人写自己的爱国情怀，辛弃疾是首创者。他开创了以婉约词的手法写爱国词的先河，这对宋词是一个极大的突破。

下片一连用了汉武帝时的陈皇后、汉成帝时的赵飞燕、唐玄宗时的杨贵妃三个典故，抒发自己报国无门的复杂感情。

长门事，准拟佳期又误，蛾眉曾有人妒。千金纵买相如赋，脉脉此情谁诉？

这五句用了汉武帝陈皇后陈阿娇的故事，词人以陈皇后自比，写自己遭小人暗算，报国无望。

陈阿娇是汉武帝姑妈的女儿，也是汉武帝的第一任皇后。但是，阿娇无子，卫子夫入宫后，成为汉武帝的新宠，阿娇与卫子夫争宠，被贬长门宫。据说，阿娇为了摆脱困局，曾派人找到蜀郡的司马相如，奉上金千斤，请司马相如为她创作《长门赋》。武帝读了《长门赋》，重新亲幸阿娇。

词人这里说，陈皇后请司马相如写作了《长门赋》，原听说事情有了转机，未承想原定的日子又不算了，肯定是被小人算计。即使用千金让司马相如创作了《长门赋》，这一腔衷情又能向谁倾诉呢？

君莫舞。君不见、玉环飞燕皆尘土。

这三句是对打击自己的小人的警告。你们不要太得意了！你们没看见吗？杨玉环、赵飞燕只能被宠幸一时，最终一个血溅马嵬，一个畏罪自杀，没有一人有好下场。

闲愁最苦，休去倚危栏，斜阳正在，烟柳断肠处。

最后五句再次抒写自己苦闷的心情。不受重用的闲愁令人沮丧。千万不要独登高楼，因为斜阳正一点点西沉，照着朦朦胧胧的柳树，看着都令人心碎。春天就是在这样的日升日落中一天天流逝了，自己的抱负也在这样的一天天中被耽搁了。

北宋词坛是婉约词派的天下，“靖康之变”，北宋沦亡，震惊了整个文坛，南宋词坛因此发生了很大的变化，以辛弃疾为代表的豪放词派横空出世，像一匹黑马，苏轼开创的豪放词风被辛弃疾等词人在新的历史条件下发扬光大。

辛弃疾之所以能成为这个时代词坛的弄潮儿，引领一代词风，非常重要的原因是他的词风适应了遍及天下的抗敌爱国热情。辛弃疾写作了大量的爱国词，多为豪放词风。

还有一点值得注意，这首词的下片连用三个典故抒写自己横遭打压的悲愤之情，反映了宋代词人至南宋时已普遍重视用典。宋代雕版印刷的普及，使得宋代文人读书更方便、广博。如果我们对比一下李煜的词和辛弃疾的词，相信大家会明白这其中的变化。

美辞玉屑

辛稼轩，词中之龙也，气魄极雄大，意境却极沉郁。不善学之，流入叫嚣一派，论者遂集矢于稼轩，稼轩不受也。

稼轩“更能消几番风雨”一章，词意殊怨，然姿态飞动，极沉郁顿挫之致。起处“更能消”三字，是从千回万转后倒折出来，真是有力如虎。

——〔清〕陈廷焯《白雨斋词话》卷一

后　记

2017年春节，中央电视台《中国诗词大会》第二季出乎意料地“火”了！2016年11月录制时，参与者知道播出后效果可能不错，但没人会想到这么“火”。

这把“火”点燃了中国观众内心深藏的诗心！一股关注中国古典诗词的热流迅速奔涌而来。以听书著称的“喜马拉雅FM”找到我，要我讲宋词。面对热情的相邀，我答应了。

在中央电视台《百家讲坛》讲了10年历史，这次重操旧业，讲起了本行——中国古代文学。

“喜马拉雅FM”要求每集时长要适应碎片化阅读的需要，要自己录音，加之一周三篇，准时交文字稿，看似简单的工作还是有压力的。

宋词是从唐、五代词发展演变来的，所以可以说唐、五代词是宋词的前世。词这一文学体裁因其繁盛在宋代，故被冠以“宋”词的称号，但是讲词，还是必须从唐、五代的作品说起。从《中国诗词大会》的观众反馈来看，大部分人熟悉唐诗，陌路宋词，或者说对于宋代的作品都不甚了解，所以，在最初商定的宋词的基础上，我又加上了著名的宋诗。这就成了“王立群品读经典诗词”系列书稿的基本面貌。此本书为这一系列的第二本，收录的均为词。

听书有诸多好处，但是也有局限。一书在手，可以反复阅读，听与读，各有其用。

王立群

2018 年 6 月于北京